溺愛
初恋の人に
一つ屋根の下で
熱愛されています

年《とし》の差《さ》溺《でき》愛《あい》

初《はつ》恋《こい》の人《ひと》に一《ひと》つ屋《や》根《ね》の下《した》で熱《ねつ》愛《あい》されています

名《な》倉《くら》和《わ》希《き》

ILLUSTRATION：金《かね》ひかる

年の差溺愛
初恋の人に一つ屋根の下で熱愛されています

LYNX ROMANCE

CONTENTS

年の差溺愛

初恋の人に一つ屋根の下で熱愛されています

コーヒーショップのカウンターに肘《ひじ》をつき、分厚いガラスで隔てられた外を眺める。そうしながら、伊藤拓也《いとうたくや》はワイヤレスイヤホンから流れてくる合成音声の歌に耳を傾けた。

機械仕掛けの女の子の声には感情がない。けれどその声が歌う詩とメロディには、拓也のありのままの感情がこめられている。

最後の一音まで聞き、拓也はイヤホンを耳から外した。

カウンターに開いていたノートパソコンを操作して、いま最終チェックをした曲をインターネットの動画共有サイトにアップロードする。楽曲制作者名は、『糸《いと》』。本名の伊藤から取った。

拓也はノートパソコンの電源を落とし、愛用のリュックに入れるとコーヒーショップを出た。

「暑いな……」

まだ五月だというのに、東京《とうきょう》は暑い。日が傾くまで冷房が効いているコーヒーショップにいたかったが、あまり長く父親を一人にしておけなかった。

最近はわざわざネットカフェに行かなくても、ちょっと気が利いたカフェやファミレスでも無線ＬＡＮの使用ができて便利だ。おかげで制作した楽曲をアップロードする場所に困らない。車上生活中の拓也にはありがたかった。

早足で近くの公園の駐車場に向かう。深緑が美しい桜の木の下に、オンボロの軽自動車が変わらず停《と》まっていた。その横の縁石に、痩せた小柄な男がぼうっと座っているのが見えた。色褪《あ》せてよれた黒いＴシャツと、膝《ひざ》がぬけたジーンズ姿。二時間前と変わらない。

拓也はホッとしつつ、「父さん、ただいま」と声をかける。

パッと顔を上げた男は、拓也を見て笑顔になった。だがすぐに表情を曇らせる。

「拓也、どこへ行っていたんだ」

「銀行のＡＴＭとコーヒーショップに行くって言っただろ」

「それにしては遅かったな」

「ネットで調べものをしていたんだ。やっぱりさ、俺の条件だとバイトない。中卒だし住所不定だし」

「……いまさら言われても……」

父親の璃々太《りりた》は拗《す》ねたように口を尖《とが》らせ、顔を背ける。

親子二人で車上生活になったのは、約半年前のことだ。家賃を滞納して賃貸アパートを追い出された。

璃々太は三十五歳、拓也は十九歳。二人とも中卒で学歴はないが、親子で力を合わせれば非正規雇用でもなんとか暮らしていけたはずだ。しかし璃々太は昔から放浪癖があり、仕事が続かない。

拓也はというと、小学校高学年から不登校だったため、コミュニケーションに難があった。中卒でも雇ってくれるところはある。しかし表情が乏しいだとか、声が小さいだとか、ヤル気が見られないだとかで、いつもすぐにクビになった。

そのせいで父子はいつも金がない。詳しくは聞いていないが、住民税はいつから払っていないだろうか。たぶん国民健康保険料も国民年金も払っていない。

「父さん、いつまでもこういう暮らしはできないよ」

「……気楽でいいだろ」

「体調はどうなの。今日も顔色があんまりよくないね」

「そうか？」

「水分とってる？」

戻ってくる途中の自動販売機で買った水のペットボトルを渡す。まだ冷えていた。

「ほら、飲んで」

「水は好きじゃない。さっき味がついたやつを飲んだから大丈夫だ」

「味がついたやつ？　なに？　ジュース？」

「え……と、そんな感じのやつ」

「まさか酒じゃないよね」

璃々太はそっぽを向いた。酒を飲んだのだ。

「父さん、アルコールは水分補給にはならないって、まえに言ったよね」

「飲んでない」

「嘘《うそ》だ。飲んだだろ。こんな昼間から」

最近、父親の酒量が増えていることが、拓也の悩みの種だった。だから目を離したくないのだが、制作した楽曲をアップロードするときだけは仕方がない。

　パソコン内で楽曲制作し、それを合成音声に歌わせ、インターネットに上げる。それがいまの拓也の唯一の楽しみだった。五年前に出会い、ハマってから何曲作っただろうか。幸運にもそのうちの数曲が視聴者に刺さり、再生回数が伸びた。おかげで一年ほど前から収入になっている。今年に入ってからはとくに口コミで『糸』の曲が巷《ちまた》に広がり、再生回数は伸び続けていた。

　たくさんの人に聞いてもらえて、好意的なレビューをもらえるのは嬉《うれ》しい。制作の励みになるし、まともに学校を出ていない自分にもできることがあったのだと、社会に認められたような気がした。

　しかしそのことを、拓也は父親に話してはいなかった。できれば隠しておきたい理由はいくつかあり、そのうちのひとつは、拓也がまとまった金を持っていると知ったら、ますます働く意欲が薄れるのではと心配だからだ。

　拓也はため息をついて、リュックから折りたたみの財布を出した。中学生のときから使っているナイロン製だ。

「とりあえず、数日分の食費をＡＴＭで下ろしてきた。半分ずつ、持っていよう。無駄遣いしないでくれよ。酒は買うな」

「あ、うん」

　拓也が差し出した一万円札を受け取ると、璃々太はそれをじっと見つめる。

「……杏奈《あんな》からの送金か」

「そうだよ」

本当は拓也の金だ。けれど十五年も前に離婚した元妻からの送金だと信じている。拓也がそう言ったからだ。

楽曲の再生回数が増えて、わずかながらも収入になったとき、拓也は「音信不通だった母親と連絡が取れた」と嘘をついた。そして「いままで払っていなかった養育費のかわりらしいよ」と送金がはじまったと話したのだ。

璃々太はにわかには信じられないようだったが、この金がないと明日の食費にも困る状況なのだから、文句を言えるはずがない。それ以来、諾々と受け取っている。もしかしたら、別れた妻からの送金で生きていること自体がストレスになり、酒量が増えた要因になっているかもしれない。そうだとしたら、嘘をついた拓也のせいだ。

一万円札をズボンのポケットに入れた璃々太は、のろのろと立ち上がり、「ちょっと行ってくる」とどこかへ歩いていってしまう。遠ざかっていく後ろ姿に、拓也はまたひとつため息をついた。たぶんコンビニだろう。きっとそこでまた缶ビールでも買って飲むにちがいない。わかっていても、拓也はそこまで行動を制限したくなかった。

ぼうっと見送っていたら、璃々太の背中がぐにゃりと曲がったように見えた。膝から脱力したように路上に倒れこむ痩身。焼けたアスファルトに、父親の薄っぺらい体が溶けこんだようだった。

「父さん？」

璃々太は動かない。慌てて駆け寄り、目を閉じている父親を覗《のぞ》きこんだ。

「父さん？　父さん！」

意識がないのか、まったく反応しない。かろうじて呼吸はしているようだが、浅かった。

拓也は震える手でポケットから携帯電話を出し、救急車を呼んだ。


「膵炎《すいえん》、ですか」

救急搬送された総合病院の医師が、検査結果を淡々と説明してくる。

「膵臓という臓器が、胴体のこのあたりにありまして」

「はあ」

「それの病気です」

白衣を着た中年の男性医師は、呆然《ぼうぜん》としている拓也が理解できていなくても気にしないのか、どんどん話を進める。難しい単語はわからないし、治療法なんて拓也が選べるわけがない。ただ、父親がとりあえずいますぐ死ぬことはないらしい、というのはわかった。

膵炎の一般的な原因は飲酒とストレスだと聞き、拓也は落ちこんだ。

医師の話のあと、病院の事務員だという女性が、一カ月は入院が必要なことと、無保険のため入院費は全額負担だと教えてくれた。

とても優しい口調で、住民票がある住所の役所に相談してはどうか、親戚がいるなら頼ってはどうか、病院としては払える金額の分割でもいい――と助言してくれる。拓也は「ありがとうございます」と頭を下げた。

「でも、たぶん、なんとかなります」

退院時に請求されるだろう金額は、いまの拓也がぎりぎり払えるくらいのものだった。入院が長引いたり、投薬が増えたりしなければ、だれにも頼らずに病院に迷惑もかけずに払える。その後の通院も、あらたにアップロードした楽曲の評判がよければ、また収入になるからなんとかなる。

（よかった……。俺の歌が金になって、ほんとうによかった……）

自分に音楽の才能があるなんて自惚《うぬぼ》れてはいない。けれど時代がよかったのだ。パソコン一台あれば楽曲が作れ、インターネットにアップロードすればたくさんの人に聞いてもらえ、かつそれが現金収入に結びつく。

（もう、父さんに打ち明けた方がいいかな。収入があるから、お金はなんとかなるから心配するなって。父さんは安心するかな、それとも――）

内緒にしていたいくつかの理由のうち、父親がそれを聞いてどう反応するか読めない、というのがあった。

拓也はかつて、母親によって子役として芸能界に売りこまれたことがある。拓也が四歳から五歳くらいのときだった。

母親の杏奈は、かつてアイドルグループに所属していた。北欧《ほくおう》出身の母親と日本人の父親とのあいだに生まれたハーフの杏奈は、日本人離れしたスタイルと美貌でデビュー当時は話題になったらしい。十五歳当時の写真を見たことがあるが、きれいだった。

　しかしわずか二年後、芸能事務所を解雇され、業界から抹殺された。隠れて交際していた男が薬物で逮捕されたそうだ。摘発された場に居合わせた杏奈も連行され、薬物検査を受けた。結果はシロだったが、十七歳で飲酒喫煙していたこともマスコミに知られて、芸能界にいられなくなった。

　その後、杏奈は璃々太と出会い、拓也を授かる。璃々太が十六歳、杏奈が十八歳のときだ。

　拓也は四分の一、北欧系の血を引いていることになる。拓也は愛らしい子供だったらしい。杏奈はすぐに息子を幼児モデルに応募しようとした。自分が追放された業界への執着が強かったのだ。

　しかし璃々太が反対した。平凡でも家族仲良く暮らして笑いが溢《あふ》れる家庭を築きたいと説く璃々太に、杏奈は反発した。璃々太は拓也が生まれたときに高校を中退し、働いていた。十八歳になってすぐ入籍し正式な夫婦になってはいたが、生活が貧しかった。なにごとにも我慢が強いられる生活の中、拓也の育て方をめぐって意見がぶつかり、夫婦仲に亀裂が入った。結局、その後別れることになる。四歳になったばかりの拓也は母親に引き取られた。

　離婚後すぐに、杏奈は拓也を子役として売りこもうとした。かつてのツテを頼って子役オーディションに潜りこみ、自分には果たせなかった夢を息子に託した。

　けれど、拓也は期待に応えられなかった。大勢の大人たちが注視する中、怯《おび》えて泣くだけだった。自己紹介もできず、ましてやセリフを覚えて演じることなどできるわけもなく、自己顕示欲が強く、なにごとにも貪欲で勝ち気な杏奈とは、性格が似ていなかったのだ。内省的で人見知りが激しい拓也は、子役に向いていなかった。

何度オーディションを受けても合格しない。拓也は嫌がるばかり。杏奈はやがて拓也を見放した。安アパートの一室に拓也を閉じこめて杏奈は遊び歩くようになる。育児放棄を児童相談所に通報され、拓也は璃々太に引き取られることになった。

九歳のはずが六歳ていどの身長と体重しかない痩せた拓也を抱きしめて、璃々太は号泣した。

「これからは父ちゃんが面倒みてやるからな。ごめんな。なにも知らなくて、ごめんな」

泣き止《や》まない璃々太の頭を、拓也はずっと撫《な》でていた覚えがある。

そんなことがあったせいか、璃々太は芸能界に拒否反応を示す。息子が楽曲制作で収入を得ていると知ったとき、どう思うだろうか。歌とダンスが上手《うま》かったという元妻を思い出して、嫌な気持ちになるだろうか。

たった二人の家族なのに、父親にもし嫌われたらと思うと、拓也は打ち明ける勇気が出ない。

どうしよう、と結論が出ないまま、璃々太の病室に戻った。二人部屋の窓際のベッドに、父親は横たわって窓の外を眺めていた。左腕には点滴の管が繋《つな》がっている。

同室者は不在のようだ。静かだった。

「父さん」

声をかけると、璃々太が振り向く。パッと笑顔になる父親に、胸が痛くなった。隠しごとをしていることと、打ち明けた先に待つなにかが怖くて。

「先生から、オレの病気のこと、聞いた？」

「聞いた。とりあえず一カ月の入院だって。でも手術するような病気じゃなくてよかったよ」

「腹を切るのは怖いよなぁ」

璃々太は怖がりだ。そのくせ野宿は平気なのだから、なにが境界線なのかわからない。

「あのさ、拓也」

「うん？」

「入院費のことなんだけど。もう杏奈には頼れない……というか、頼りたくないから、俊輔《しゅんすけ》に連絡取ってくれないか」

えっ、と拓也は目を見開く。

「俊輔って、日比野《ひびの》さん？」

「そう、日比野俊輔。オレの幼馴《おさなな》染《じ》み。覚えていないか？」

「い、いや、覚えている。もちろん」

「だよな。拓也を引き取ったあと、よく会ってたから。おまえ、けっこう懐いていたよな」

拓也はつい視線を泳がせてしまう。父親の思い出話にときどき登場するその人は、拓也の「特別」だった。もうずっと何年も。

「あんまり働かなくなってから会わせる顔がなくって連絡取っていなかったけど、いきなり電話しても怒らないヤツだから、しかも力を貸してくれるようないいヤツだから、電話してみてくれないか」

璃々太の幼馴染みの日比野がいい人なのは、拓也も知っている。もう一人の幼馴染み、松田《まつだ》建人《けんと》も交えて、ときどき食事をしたりした。

日比野は背が高くてがっしりとした体つきで、足が長かった。黙っていると怖いくらいに整った顔をしているけれど、笑うとすごく優しい感じになって、後光が差しているようにキラキラして見えた。日比野だけが輝いて見えたのだ。十代のころにファッションモデルをしていたと聞いて、子供心になるほどと納得したものだ。

膝に抱っこしてもらって、「おまえ、もっと太れよ」と口に焼肉を突っこまれたり、「小学生の算数なんて解き方がわからん」とブツブツ言いながらも勉強を教えてくれたり、サッカーボールの蹴り方を教えてくれたりした。

拓也が中学生になったころ、父親が一年の半分も働かなくなった。そうしたら、彼らと会う回数が減った。付き合いの長い友人たちが遠慮なく常識的な説教をするから、瑠々太はそれが面倒くさくなったのだろう。あまり会えなくなってから、拓也は寂しくて切なくて、自分の気持ちに気づいた。

日比野に恋をしている――と。

いわゆる、初恋というやつだろう。あとにもさきにも、好きだと思えたのは日比野だけ。もう何年も、まともに会えていない大人の男の人に片想《かたおも》いをし続けている。

日比野は父親と同い年だ。会えたとしても、想いを伝える気はない。彼にとって拓也は友達の息子でしかないだろうし、そもそもゲイではないだろう。

いつだったか、偶然、日比野が街中を歩いているのを見た。きれいな女の人といっしょだった。とてもお似合いで、拓也はなんの抵抗もなくそれを受け入れた。やっぱりそうなんだ、とむしろホッとした。まったく望みがない方が、余計な期待をしなくて済む。

そのあとだったか、パソコンで楽曲制作ができるソフトがあることを知り、胸に溜《た》まっていくばかりの恋心を形にして吐き出すことを覚えた。

あるがままの想いを、シンプルなメロディにのせて、この世に存在しないバーチャルな女の子に歌わせる。会えない寂しさも、悲しい諦めも、醜い嫉妬も、認めたくない生々しい欲望も、パソコンの中できれいに再構築されて昇華していくようで、夢中になった。

そうして『糸』は生まれたのだ。

もう日比野に会うことはないのではないか、と思っていたのに、父親は連絡を取りたいと言う。

「金の無心をするのは申し訳ないし嫌だけど、こんなことになっても連絡しなかったら、あいつのことだ、あとで知って激怒すると思う。ひさしぶりに会いたいしさ、おまえが電話してくんない？」

ここで拓也が「入院費は払える」と秘密にしていた収入について話せば、璃々太は「じゃあ俊輔に連絡しないでおこう」と言うだろう。幼馴染みに金を用立ててもらうことが、どれほど璃々太のプライドを傷つけるか、拓也にだって想像がつく。

けれど、公然と日比野に会えるかもしれないのだ。拓也の中で打算が働いた。

会いたい。彼に、会いたかった。この機会を逃したら、つぎはいつになるかわからない。

「……わかった」

拓也は頷《うなず》いて、病室を出た。

「電話してくる」

璃々太も携帯電話を持っているが、いまにも壊れそうなガラケーだ。最近は使っているところを見ていないので、もう壊れたのかもしれない。

拓也は入院患者と家族が自由に使っていい談話室へ場所を移した。ポケットから携帯電話を出す。最新機種のスマートフォンだ。もちろん自分の金で買った。ただし何度機種変更しても電話番号は変えていない。住所録もそのままデータを移行させた。

住所録から「日比野俊輔」を選択する。そういえば、拓也が日比野に直接電話をするのははじめてだ。番号を知っていても、いままでは父親が連絡をしていたから。

にわかに緊張してくる。

（心臓、ヤバい……）

画面をタップする指が震えた。

◇

パソコンの画面をじっと見ていたら、どうしても目がしょぼしょぼしてくる。眉間を指で揉《も》みながら、日比野俊輔はデスクの引き出しから目薬を出した。

「あーもう、俺も年だな。目がヤバい」

「社長が年だと言うなら、私はどうなるんですか。十歳も年上なんですけど」

デスクの横に立っていた副社長の夏目茉里子《なつめまりこ》が、ばっちりアイメイクした目で日比野を見下ろしてきて、小馬鹿《こばか》にしたように鼻でフンと笑った。

「最近の社長の覇気のなさは、目に余ります。社員や所属タレントの士気にも関わりますから、もっとしゃっきりしてくださいよ」

「そうは言っても、もう若くないからさ。寝ても疲れが取れないんだよ」

「一人で寝ているから余計に覇気がなくなるんじゃないですか？　若くないって、まだ三十五でしょう。枯れるには早いですよ」

世間では美魔女と呼ばれるカテゴリーに分類される夏目は、ハンターのような笑みでそんなことを言う。

「はいはい、あんたが肉食系なのはよく知ってる。でも外では狩りをしなくて、週五で旦那さんを喰《く》ってるんだろ。いいよな、安心してセックスできる、相性のいい相手とめぐり会えて」

「はい、幸せです。社長もいいパートナーとめぐり会えるといいですね。会社のためにも、祈っておきます」

「おおきなお世話だ」

目薬をさして、しばし目を閉じる。じんわりと目に染みていくのがわかって、ひとつ息をついた。

日比野は芸能プロダクション「日比野プロ」の代表取締役社長だ。会社を興したのは祖父で、二代目は母親、三年前に三代目社長となった。副社長の夏目は母親の代から働いている古参で、日比野同様、若い頃はモデルをしていた。結婚と同時にモデルを引退し、裏方で働きはじめていまにいたる。

シックなベージュのマニキュアを塗った爪が、画面上の写真を指さした。ハンドエステにもこまめに通っているのだろう、きれいな手だった。

「今回応募してきた中で、私はこの子が一押しです」

「いまどきの流行《はや》りの顔だな」

「優しげで使いどころが多岐にわたりそうでいいですよ」

少女のような可愛《かわい》い顔立ちの少年だった。線が細く、中性的だ。十代向けのファッション雑誌や広告、テレビＣＭに起用されそうだった。

「でもまだ十四歳だろ。五年後、六年後の二十歳をすぎたころ、どんな青年になるかわからないな。このままじゃないだろうし」

「問題はそこです。両親の写真も提出してもらったら、コレでした」

厳《いか》つい顔と体格の父親と、ふっくらと丸い顔の母親がそこにいた。どんな遺伝子のいたずらか、現在の息子の姿が奇跡的なのかもしれない。

「本人も将来については悲観的です。だからこそ、いまのうちにこの容姿で稼ぎたいみたいなので、期間限定の契約でもいいかと」

「ちょっと待て、それじゃあ使い捨てみたいじゃないか。ダメだろ。たとえ容姿が変化しても、どこかに需要があるかもしれないんだから、最初からそういう扱いはやめろ」

大真面目に苦言を呈すると、夏目がフッと笑った。どうやら日比野からこうした言葉を引き出したくて、誘導したようだ。

「現在の容姿が魅力的なのはもちろんですが、私は本人がとても意欲的なのを買っています。ですから、将来、容姿の変化と共に路線が変更されても、食らいついていくかもしれません。では、この子でＯＫですね。そういう内容の契約書を作成します」

夏目はサッと踵《きびす》を返すと、早足で社長室を出て行った。一人残された日比野はしばし啞然《あぜん》とし、ため息をついてハイバックチェアの背もたれをリクライニングさせた。口が寂しいな、と思う。禁煙してから何年たっただろうか。

「五……六年……か？」

たしか三十歳になったときには、もう煙草《たばこ》をやめていたと思う。十八歳のころから隠れて吸い出し、二十代半ばでヘビースモーカーの仲間入りをしていた。

大学を卒業したあとでモデルを引退し、母親の会社に入れてもらった。企画部でサラリーマンをしていたのだ。黙っていてもモテたから、いろいろと遊んだ。男女問わず、誘われたら寝ていた。そんな生活に飽きてきて、かといってだれか一人を選んで結婚する気にもなれず、だらだらと働いていたころに、たしか禁煙した。

「そうだ、禁煙のきっかけは、あの子だ」

思い出した。幼馴染みの伊藤璃々太の息子、拓也。

璃々太とは家が近く、学校区がおなじで子供のころからの付き合いだった。璃々太なんていう変わった名前をつける親はやっぱり変わっていて、たまに遊びにいくと面白《おもしろ》かった。高層マンション住まいで通いの家政婦がいる日比野家とちがい、伊藤家は狭い公団住まいだった。出されるおやつはいつも安っぽい駄菓子だし、飲み物は水道水。畳はすり切れて、カーテンは色褪せていた。子供でも伊藤家は裕福ではないとわかるくらいだった。

けれど伊藤家に悲壮感はまるでなく、家族の仲はよくて、璃々太の母親はいつも笑っていた。璃々太も細かいことを気にしない明るいヤツだった。もう一人の幼馴染み、松田建人と三人で、暗くなるまでよく公園でしゃべっていたり、サッカーをしたりした。

日比野の母親はそのころ会社を継いだばかりで忙しく、一人息子にかまっている余裕がなかったのだろう。関心が薄く、わりと自由が許されていた。学校はずっと公立だったし、塾通いを強制されることもなかった。だから毎日三人で遊んでいた。

中学生になって色気づいてくると、三人にそれぞれ彼女ができた。男同士であまりつるまなくなったが、友情は変わらないと思っていたし、実際そうだったのだ。

ところが、璃々太が付き合っていた彼女を妊娠させて状況は一変した。

高校入学直後の、十五歳のときだった。相手は元アイドルで顔とスタイルだけはいいという、性格は最悪の女、杏奈。腹の中の子供は、本当に璃々太の種なのかと疑いたくなるような、あまり評判のよくない女だった。

けれど璃々太は杏奈に夢中で、十八歳になったら籍を入れる、子供は産んでもらう、責任を持って育てる、と得意げに語った。高校を中退し、璃々太は働き出した。そのころ、璃々太の両親が病気であいついで他界したため、寂しかったのもあっただろう。一人っ子で、親戚との付き合いも希薄だった璃々太には、杏奈とその腹の子しかいなかったのだ。

その後のことは、詳しく知らない。ほとんど会っていなかった。

璃々太に会おうとすると、かならず杏奈がついてくる。杏奈は日比野が芸能プロダクションの社長の息子だと知るとあからさまに媚《こび》を売ってきたし、はっきり璃々太から乗り換えてもいいと言ってきたこともあった。

あんな女、死んでもゴメンだと思った。でも璃々太の手前、悪くは言えない。だから疎遠になるしかなかった。生まれた子には、一度だけ会いに行った。母親に似て色素が薄い印象しか記憶に残らなかった。得意げに笑う杏奈が面白くなくて二度と会いたくないと思った。

数年後、離婚して杏奈が子供を連れて行ったと人伝《ひとづて》に聞いた。さらにその数年後、子供を璃々太が引き取ったと聞いた。

ひさしぶりに連絡を取って会った璃々太は、痩せた子供を連れていた。髪と目と肌の色素が薄いのは、生まれたときのままだ。けれど小学生にしては華奢《きゃしゃ》すぎる体格に、引いた。肌はかさかさで、ブルーグレーの目だけがギョロリと大きく、しきりに周囲の視線を気にして怯《おび》えているように見えた。

璃々太は多くを語らなかったが、杏奈が育児放棄かなにかをして児相案件になったのは察することができた。

最初、拓也という璃々太の息子は、おどおどして無口で、可愛げがなかった。仕事柄、子役をたくさん見てきたので、これじゃあ使い物にならないなと勝手に不合格の裁定を下した。

けれど会うたびに、拓也は肉付きがよくなって表情が豊かになっていった。璃々太の愛情をたっぷりと注がれて、可愛い笑顔を見せてくれるようになったのだ。

そうなると、幼馴染みの子供だ、ほぼ親戚の子のような感覚に陥り、会うたびにオモチャをプレゼントしたり遊んであげたり、あげくには目の前でたとえ吸わなくても臭いだろうと煙草をやめる決意をするまでになった。

「……いまごろ、どこをフラついているんだろうな……」

不登校の拓也を連れて、璃々太はたびたび放浪の旅に出かけていた。東京に戻ってくれば連絡をくれていたのだが、いつからかアパートも引き払って、消息が摑《つか》めなくなった。

携帯電話はまだ持っているようなので、電話をかければ応答してくれるかもしれない。けれど意図的に姿を消したのなら、あまり追いかけてもよくないのでは、とためらっている。

おたがいにいい年だ。そう無責任な真似《まね》はしないだろう。拓也ももう十八か十九になっているはず。高校に進学したかどうかすら不明だが、高い学歴はなくとも、健康でさえいれば働ける。きっとどこかで元気にしているだろう。

そう思って、自分を納得させていた。

デスクの隅で、日比野の携帯電話がブルブルと震えはじめた。プライベート用とビジネス用を使い分けていない日比野は、これ一台ですべて済ませている。私生活が完全に仕事に浸食されているわけだが、それで不都合を感じたことはなかった。

なにげなく手に取り、画面に表示されたゼロからはじまる見知らぬ番号をしばし見つめた。

仕事柄、携帯番号入りの名刺を、わりと気安くあちらこちらで配る日比野だ。こんなふうに未登録の番号から電話がかかってくることは珍しくない。見ず知らずの若い子の手に名刺が渡り、いきなり売りこみトークをはじめられたことだってある。けれど、日比野は時間があればとりあえず話を聞く方針だった。悩み相談に一晩、付き合ったこともある。

「もしもし？」

画面をタップして応答すると、『あの……』と気弱い響きの声が耳に届く。少年だろうか。変声期は終わっている感じだが、それほど低くはない。売りこみかな、とあたりをつけつつ、「どちらさまですか？」と尋ねてみる。

『ひ、日比野さんの、携帯ですか？』

「はい、日比野です」

『あの、俺、佐藤です。佐藤拓也です。璃々太の息子の――』

たったいま思い出していた幼馴染みの息子からの数年ぶりの連絡が、このタイミング。いったいどうした神の采配だろうか。こんな奇遇があってたまるか。

騙《かた》りを疑いそうになったが、日比野の交友関係をそこまで深く知る者など、松田と夏目、そして母親の多恵《たえ》くらいしかいないはず。

「本当に拓也？」

『本当に拓也です。あの、いま電話でどう証明すればいいかわからないですけど、その、本当に佐藤拓也です……』

必死さが伝わってくる。どこから電話をかけているのだろうか。いまなにをしているのか。聞きたいことは山ほどある。なにから聞けばいいのかと迷った一瞬後に、「待てよ、どうして拓也が電話してきた？　璃々太はどうした？」と当然の疑問が浮上してきた。

悪い予感しかしない。

「いま一人なのか？　璃々太は？」

『あの、じつは、父さんがいま病気で』

「えっ？」

『入院しちゃって』

「ええっ？」

『日比野さんに連絡してくれって頼まれて』

「いますぐ行くから病院名を教えろ！」

　日比野は通話を切った十秒後には社長室を飛び出していた。広いオフィスの一角で夏目と数人の社員たちが話し合っているのを見つけた。話題はさっきの少年についてかもしれない。

「夏目さん、俺、ちょっと出てくる」

「どこへですか？」

「病院」

　言い捨てて会社を出ると、流しのタクシーを拾う。拓也から聞いた病院名をドライバーに告げ、携帯電話を上着のポケットから出した。夏目からメールが届いている。

『病院ってなんですか？』

　当然の問いだ。幼馴染みの璃々太のことは、夏目も知っている。夏目は日比野プロに入社して二十年以上になるのだ。当時の社長の息子の幼馴染みが、元アイドルの杏奈と結婚、離婚した経緯を身近で見聞きしていた。

　日比野は璃々太が病気で入院したらしいことを簡潔にメールで説明し、今日はもう急用以外は連絡してこないようにと頼んだ。上着の内ポケットから薄い財布を出し、中身を確認する。あまり現金を持ち歩かない方なので、万札が二枚しか入っていない。友人への見舞金は、いくらくらい包めばいいだろうか。キャッシュカードがあるので、どこかにＡＴＭがあれば下ろせる。

「運転手さん、病院までの道すがらコンビニか銀行があったら寄ってください」

「お客さん、タクシー料金はクレジットカードでもＯＫですし、見舞いかなにかでＡＴＭに用事なら、いまどきの病院にはだいたいありますよ。それにコンビニが併設されているところも多いです」

ああそうか、と日比野は脱力する。冷静になってみれば、そのくらいのことは言われなくとも知っていた。璃々太が病気と聞いて、プチパニックに陥っていたようだ。

(都内にいたとはな……。しかもこんなに近くに)

いままでどこでなにをしていたのか、病気になるほどの生活ってなんだ、と胸がもやもやする。

(璃々太のことだ、きっとギリギリになるまで我慢したんだ……)

飄々《ひょうひょう》としていながらも頑固なところがある璃々太の顔を思い浮かべ、ため息をついた。杏奈と結婚するときも、離婚するときも、拓也を引き取るときも、いつも事後報告だった。

それぞれ大変だったろうに、ひとことの相談もなくて、松田と二人でどれだけヤキモキしたか。小学校からの友達だ、もっと頼ってくれてもいいと言っても、璃々太はいつも「大丈夫だよ」と笑っていた。

(ぜんぜん大丈夫じゃねぇよ)

財布を握りしめて、息子に連絡を託した璃々太の気持ちを考える。

おそらく金の相談がしたいのだろう。いまどこに住んでいるのか知らないが、それほど経済的に余裕がある生活を送っているとは思えない。もしかしたら無保険かもしれない。入院費が払えないのなら、いくらでも立て替えるつもりだった。それを恩に着せるつもりもない。

　どうせ独り身だ。最近は無趣味で私生活にまったく金がかかっていない。一応、芸能プロの社長なので、相応の報酬はもらっている。しかし使わないので、銀行口座にたまる一方だった。喜んでいるのは銀行と税務署だけだ。

　小一時間ほどでタクシーは病院に着いた。救急外来がある総合病院だ。正面玄関の車寄せが混み合っていたので、日比野はその手前の道路に停車してもらい、料金を支払った。

　低木の植えこみをひょいと越え、玄関へと急ぐ。入院病棟はどこだろうか、総合受付で院内にいるらしい拓也を呼び出してもらった方が早いか、と考えていたら、玄関の脇にぽつんと立っている少年に視線が吸い寄せられた。

　色素が全体的に薄い、細身の少年だ。首元がよれたTシャツと、すり切れたジーンズ、履きつぶしたスニーカーという平凡な出《い》で立《た》ち。存在感が希薄で、病院を出入りする人たちのほとんどは彼に注意を払っていない。

　それなのになぜか、日比野は目が釘《くぎ》付《づ》けになった。

　伸びっぱなしなのか、長めの茶色い髪が初夏の風にそよいでいる。よく見ると目鼻立ちは整っていて、日本人離れしていた。おそらく外国の血が入っている。憂いを帯びたまなざしは、子供には似合わない、この世のすべての諦観を凝縮したように暗く、印象的だった。

色気はさほど感じない。けれど、これからどう成長していくのか、観察してみたい気もする。

名刺を渡しておこうか、とポケットの中を探り、日比野はハッと我に返った。病院でスカウトなんてとんでもない。ここにいるということは、本人が病人か、家族か友人知人が病人かケガ人なのだ。日比野とて、いまは璃々太の見舞いでここにいる。

ふと、少年が顔を上げた。目が合う。ふわっと柔らかな笑顔になった少年に、日比野は一瞬で魅入られた。まるで世界が二人きりだけを残して消えたように、色も音も、風すらなくなった。

「日比野さん」

呼ばれてハッと我に返り、「なぜ俺の名前を？」と驚愕《きょうがく》する。だが、この場所を教えてくれた電話の声に似ていると気づいた。少年はそろそろと歩み寄ってくると、日比野のまえに立つ。かなり小柄だ。日比野の胸あたりまでしか身長がない。百六十センチちょっと、というところだろうか。

日比野の顔色を窺《うかが》うように見上げてきて、少年は「来てくれて、ありがとう、ございます」と細い声で言った。

「……拓也？」

「はい、おひさしぶりです……」

衝撃的な再会だった。日比野にとっては。

「ひ、ひさしぶり」

「日比野さん、ぜんぜん変わっていないですね。すぐに、わかりました」

「おまえは、ちょっと変わったな……」

いやいや、ちょっとどころではない。ただの痩せた子供が、美少年にメタモルフォーゼしていた。

こちらです、と拓也に案内されて、日比野は正面玄関から入院病棟へ入った。

病室で再会した璃々太は、とても同い年には見えない、十歳は老けて見える病人になっていた。痩せた腕には点滴が刺さり、痛々しい。ただ笑顔だけは、昔といっしょだった。

「俊輔、来てくれたんだ。ありがとう」

「拓也が電話をくれたからな。突然でびっくりしたよ」

ベッド脇のパイプ椅子に腰掛け、璃々太にいままでの経緯をかいつまんで聞いた。車上生活をしていたなんて初耳で、日比野は頭を抱えたくなった。当然のごとく無保険だ。

「どうせそんなことだろうと思っていた。まあ、入院費のことは気にするな。俺が立て替えておく。おまえはここでのんびり治療していろ」

「すまない、俊輔」

伸びてきた細い腕を握り、安心感を与えてやる。

日比野と璃々太が話しているあいだ、拓也は一切口を挟むことなく近くに立っていた。その拓也を、璃々太がちらりと見遣《みや》る。

「俊輔、もうひとつ、頼みがあるんだ」

「なんだ？」

「拓也を預かってほしい」

そんなこと聞いていなかったらしく、拓也が「えっ？」と驚きの声を上げた。

「ちょっと待って、父さん、預かるって俺は子供じゃないし、なんとかするから」

拓也が慌てている。たしかにもう子供ではないが、まだ大人でもないという微妙な年頃だ。それに車上生活ならば、璃々太の頼みは頷けた。こんな容姿の少年を不用心なところで寝起きさせるのは、危険ではないか。しかもたった一人で。

「拓也、ちょっと部屋を出て行ってくれないか。父さんは俊輔と二人で話したい」

璃々太が真顔で言うと、拓也は渋々ながら病室を出て行った。二人部屋だが、もう一人の入院患者は不在だ。二人きりになったのに、璃々太は周囲をはばかるように声を潜めた。

「俊輔、俺は拓也が心配なんだ。おまえ、あの子を見て、なにか感じなかったか」

「感じるって、なにを？」

ドキッとしながら冷静を装って聞き返す。

「親バカだと笑ってくれてもいい。拓也、可愛いと思わないか。あいつ、もう十九なのに、男臭くならないし、こんな生活しているのに薄汚れてこないし」

言いたいことはわかる。さっき玄関前で見たとき、独特の雰囲気に目を惹《ひ》かれた。

「一人に、しておけない……」

「だから俺が預かるって話になるのか」

うん、と璃々太は頷き、「それに」とためらいがちに口を開く。

「あいつ、金を持っているみたいなんだ」

「どういう意味だ」

「最近バイトなんかしていないのに、金を持っている。拓也は杏奈からの送金だって言うけど、そんなはずはない。あの女がどこでどうしているか知らないが、すこし金を稼げるようになったからって、送金なんてするか？　しないだろ。余裕があったらあっただけ、ブランドバッグでも買って終わりだ。でも、オレはビビリだから、拓也に金の出所を聞けない」

　璃々太の細い指が、シーツをぎゅっと握りしめた。

「だからオレは、あいつからできるだけ離れないようにしていた。それでも、一時間か二時間は別行動になるときがある。そのあいだに、拓也がなにをしているか、わからない。戻ってきたとき、ＡＴＭで金を下ろしてきたと言って、だいたい現金を持っている」

　拓也がどこでどう現金を得ているのか――。璃々太ははっきり言葉にしないが、おそらく売春を疑っている。短絡的すぎる気もするが、日比野はその可能性を否定できなかった。

　短時間の高額バイトなんて、そうそうない。ましてや一時間や二時間では。

　あの容姿ならば、買い手はつくだろう。夜の街角に立たなくとも、いまは携帯電話のサイトで容易に相手を探すことができる時代だ。売春といっても最後までする必要はない。過度なスキンシップ程度で小銭を稼ぐことだってできる。

「あいつを一人にしたくない。オレが退院するまで、近くで見守っていてくれないか。俊輔なら、若いタレントを監視付きで住まわせるアパートとか、持っているんじゃないか？」

そんなものないとは言わないが、売り出し中のタレントと拓也をおなじようには扱えない。そもそも、そうした物件は社宅扱いなので、友人の息子を住まわせたら公私混同になってしまう。

それに――。

（拓也を会社の奴《やつ》らに見せたくないな。すぐにデビューさせようとか、余計なことを言い出すに決まっている）

本人にその意志があればいいが、拓也が幼児期に子役デビューを強要されて、極度の人見知りになっていることを日比野は聞いている。人前に立つことがとくに苦手らしい。芸能界デビューなんて考えていないだろう。

日比野のポケットマネーで賃貸アパートを借りてやり、拓也を住まわせる方が早い。

（しかし、一人暮らしか。そうすると、璃々太が望むように監視するのは難しいな）

本人の話を聞いてみる必要がある。立ち上がってから、日比野は見舞い金のことを思い出した。病院のＡＴＭをいまから探すのは面倒だ。財布から二万円を取り出し、璃々太の胸元に押しこんだ。

「これ、見舞い。入院費の立て替えとは別だから。むき出しでごめんな」

「え、そんなのいいのに」

璃々太は遠慮したが、日比野は「拓也と話してくる」と言って病室を出た。

廊下の突き当たりが談話室になっていて、そこに拓也はいた。ほかにだれもいない。拓也はぼんやりと窓の外を眺めていた。やはり独特の雰囲気があり、絵になる。いつまでも見つめていられると思った。

不意に拓也が振り向き、「日比野さん」と目を見開く。

「話は終わりましたか」

「まあ、だいたいは」

いくつかのテーブルと椅子が置かれているので、そこに拓也を促した。壁沿いに並んでいる自動販売機から、ペットボトルのお茶を二本買う。一本を拓也に渡した。

「ありがとうございます」

小さな声で礼を言い、拓也はうやうやしいほどの仕草で受け取った。

狭いテーブルを挟んで向かい合うと、拓也の華奢さが妙に照れくさく感じるのはなぜだ。尻がむずむずする。落ち着かない。

「ひとつ確認したいんだが」

「なんでしょう」

「拓也は、さっき璃々太が言ったことを、事前に聞いていなかったんだな？」

「……俺が日比野さんに預けられるとか、そういうことについてですか」

「そうだ」

「聞いていませんでした」

拓也は俯《うつむ》いて、ひとつ息を吐く。やっぱり声は小さい。言葉使いはちゃんとしているが、あまり視線は合わないし、両手はテーブルの下でもじもじとずっと動いている。渡したペットボトルは開封されないまま置かれていた。

「父さん、なにを考えているんだろう……。俺、一人でなんとかできますから」

「杏奈から送金があるんだって？」

「ああ、はい。そうです」

口元が緩くほころんでいるように見えるのは、愛想笑いのつもりだろうか。どこかアンバランスで、それがやけに庇護《ひご》欲をそそる。璃々太の心配はやはり的を射ているように思う。

（こいつを野に放つのはヤバいよな……）

璃々太という防波堤、あるいは重しがなくなったら、拓也がどうなるのかわからない。

（男でも女でも、だれかに囲われてペットのように飼われるのが簡単に想像できちまうキャラってのは、本人にとっていいのか悪いのか）

日比野は迷った。頭の中には、これしかない、という答えがひとつ浮かんでいる。けれど、それでいいのか。

「あの、日比野さんに相談があるんですけど」

思い切ったように拓也が切り出してきた。

「車の免許を持っていますか？」

「持ってるけど」

「父さんの車を動かしたいんです。どこか、駐車違反を取られないようなところに」

聞けば、公園の駐車場に車を置いたままらしい。何日もいると通報されるので、人目につきにくい場所を点々と移動していたという。

救急搬送されたのは昨日。無人のまま何日も放置していたらレッカー移動されかねない。

「あの車は、父さんの唯一の財産みたいなものなので、退院までどこかにそっと置いておきたいと思っているんですけど……」

「ああ、そういうこと。車のキーは？」

「ここにあります」

拓也はジーンズのポケットからキーを出した。遠隔操作機能がない、古いタイプのものだ。いったい何年ものの車に乗っているのか。

車なんて月極《つきぎめ》駐車場を借りて、そこに置けばいい。なんなら知り合いの店に頼んで、入院中に総点検させようか。

「車のことはなんとかしてやる」

日比野がそう請け負うと、拓也はホッとしたように笑った。作り笑いではない、ナチュラルな表情だ。やはりきれいだった。

「よし、決めた」

キーを手に立ち上がる。なにを？　と首を傾《かし》げている拓也に、日比野はニッと笑いかけた。

「おまえ、俺んちに来い。今日から同居だ」

拓也はぽかんと口を開けて、動かなくなった。間の抜けた顔はきれいというより可愛い。

日比野は腹を括《くく》った。大学進学と同時に実家を出てから十五年以上、日比野はだれかと暮らしたことがない。深い関係になった相手は何人もいたが、生活を共にすることは一度もなかった。一人の方が気楽だし、同棲したとたんに女房面する女の話とか、浮気相手を連れこんで修羅場になった話とか、山ほど聞いてきたからだ。

ルームシェアするほど人恋しい性格ではないし、経済的にも困窮したことはない。

璃々太の息子とはいえ、自宅に他人を住まわせようとするのははじめてだ。けれど、これがベターではないかと思う。

（こいつを一人にしておけない）

それが理由のすべてだった。

◇

日比野が拓也を自宅に住まわせると言い出したとき、夢かと思った。

ひと目会いたいという、ささやかながら傲慢な願いを胸に連絡を取った結果が、同居？　厳密には居候という形になるわけだが。

「はい、俺んちはここ。いらっしゃーい」

日比野が笑顔で重厚なつくりの玄関ドアを開けた。

高層マンションの上部に位置する日比野の自宅は、唖然《あぜん》とするくらいに広くてきれいで、おしゃれな家具や雑貨がさりげなく置かれていて、カタログ写真のようにカッコよかった。黒い革張りの大きなソファと、毛足の長い白いラグ、ガラスのローテーブル。これまた大きなテレビと、その横にある緑の葉がつやつやとした観葉植物の鉢。部屋の隅には、不思議な形をした電気スタンドが置かれている。

キッチンも広く、一度も使用していないかのようにピカピカだった。調理器具や調味料などは、すべてどこかに収納されているらしく、見えるところにはなにも置かれていない。スタイリッシュすぎて目眩《めまい》がした。

「あの……すごく、きれいにしているんですね……」

本当にここに住んでいるのか？　という疑問が頭をよぎる。まさか日比野が筋金入りの潔癖症で、毎日隅から隅まで掃除しているわけではないだろう。

「ああ、それは通いの家政婦を頼んでいるから」

「家政婦……」

「週に二度、掃除に来てもらってる。洗濯は自分でするけど、タオルと下着以外はクリーニングに出しちゃうかな。食事は、ほとんど外食。たまに作ることもあるよ。でも食材の買い物が面倒くさいから、あんまりしないかな」

どうやら日比野はセレブらしい。拓也が中学生のころ、日比野は普通の会社員だったはずだ。転職したか、起業したのだろうか。

「こっちの部屋を使ってくれ」

日比野がドアを開けて見せてくれたのは六畳ほどの洋間で、簡素な木製のシングルベッドが置かれていた。布団はない。

「客間として使っていた部屋だ。ほら、覚えているか、松田建人。あいつがたまに宅飲みに来て、そのまま泊まっていくときにここで寝る」

「え、じゃあ、松田さんが来たとき、ここが使えないと困るんじゃ……」

「いやいや、そんなの気にしなくていいから。そう遠くに住んでいるわけじゃないのに泊まるのは、単に帰るのが面倒くさくなったときだけ。ここは年に数回しか使っていない。建人のことは覚えているか？」

「もちろん覚えています」

最後に会ったのは中学生のときだ。そのころの記憶がなかったら、そっちの方が大変だろう。

「布団類はクローゼットに入ってる。ああ、そうだ、机がいるよな。明日にでも買いにいこう」

「机なんて、そんな」

「ノーパソ、持ってんだろ。だったら机がないと使いにくい。遠慮するな」

日比野は妙にウキウキしながらしゃべっている。拓也は「迷惑をかける」としか思っていないが、どうもこの状況を楽しんでいるフシがあった。ずっと独身で一人暮らしだったらしいので、生活に変化ができて面白がっているのかもしれない。

拓也の存在を面倒だとか邪魔だとか思わないでいてくれるのなら、こんなに嬉しいことはない。

病院の談話室で「俺んちに来い」と拓也に言ったあと、日比野は病室に戻って父親に同居話を承認させてしまった。父親にとってもそれが最善だったらしい。一人にさせられないと言われたも同然で、拓也は自分がそんなに信用がないのかと少し落ちこんだ。

けれどのんびり落ちこんでいる暇はなく、日比野はすぐに「璃々太の車を移動させよう」と拓也を病院から連れ出した。件《くだん》の公園までタクシーで移動するあいだに、知り合いだという近隣の不動産屋に電話をし、月極駐車場を借りる算段をつけた。

公園に到着し、父親の愛車であるオンボロ大衆車を見た日比野は、「まだこれに乗っていたのか？」とびっくりしていた。

ロックを解除してドアを開けると、なんともいえない匂いがして拓也はギョッとした。

車内はできるだけゴミを溜めないようにしていたが、人が寝起きすればどうしてもシートに体臭が染みつく。しかも季節は初夏だ。東京の最高気温は三十度近くにまで上がる。丸一日閉め切っていた車内は臭かった。

運転席に乗りこもうとした日比野をとっさに制止しようとしたが、それよりも早く座られた。匂いについてはなにも言わず、「ほら、さっさと乗れよ」と日比野はすぐにエンジンをかける。

「おお、ちゃんとエンジンがかかった。さあ、行くぞ」

拓也は慌てて助手席に乗った。車は無事に月極駐車場の一角におさまり、拓也は何度も日比野に頭を下げた。日比野のマンションまで徒歩十分くらいの場所らしい。

「駐車場代は俺が払うので、いくらなのか教えてください」

「んー、まあ、金のことは璃々太が退院してからでいいから」

日比野は細かいことは気にするなと笑って、「とりあえず、最低限の必要なものだけ持って、俺んちに行こう」と言った。拓也は後部座席とトランクから、服を何枚か出し、肌身離さず持っていたリュックに詰めこんだ。

「それだけでいいのか？」

「日比野さんの家から近いみたいなので、必要になったら取りにきます。それに、俺はＰＣとケータイさえあればいいから……」

大切なパソコンだ。この中に制作した楽曲がすべて入っている。バックアップを取らなければいけないとわかっていながら取っていないので、なくしたり壊れたりしたらすべてがなくなる。ガックリくるのは確実だろう。

日比野のマンションはおそらく「高級」に分類されるものだ。きれいで広くて空調が適度に効いていて快適だ。おまけにインターネット環境が整っている。ちゃんとしたベッドだけでなく、机まで用意してくれるなんて、まるで夢のようだ。

タワーマンションの上階に住み、家政婦を頼んでいて、平日の昼間にいきなり連絡をしても病院まで駆けつけてこられる会社員なんて、どれだけの高給取りなのだろうか。

「ああそうだ、渡しておくよ。これ、俺のいまの名刺」

ジャケットのポケットから革製の名刺入れを出し、日比野が一枚抜き取った。それを受け取り、拓也はハッと息を飲んだ。

「芸能……プロダクション……？　社長？」

ただの会社員じゃなくなっていた。しかも芸能プロダクション――。

「言っておくけど、俺は三代目だからな。しかも社長なんて聞こえはいいが、やってることは雑用だ。書類にハンコ押したり、所属タレントのお悩み相談したり、たいしたことはしてない」

謙遜《けんそん》に決まっている。けれど日比野が言うとまったく嫌みに聞こえず、なぜか爽《さわ》やかだ。

悪い人ではない。拓也が子供のころから知っている、面倒見のいい優しい男の人のままだ。

けれど芸能プロダクションの社長とは。

（日比野さん、きっと『糸』のこと知ってるよね……）

いまここで『糸』について尋ねるのはやぶ蛇になりかねないので、拓也はなにも言わなかった。そしてこれからも、なにも言わないことに決めた。

もし拓也が『糸』だと日比野に知られたら、放っておいてくれないような気がするからだ。拓也は有名になりたいだとか、顔を売りたいだとか、目立ちたいだとか思ったことがない。できれば人目を避けて、静かに過ごしたい。その点、母親とはまったくちがう種類の人間なのだろう。

「拓也、出かけるぞ」

マンションに連れて来られて一息つく間もなく、日比野がそう声をかけてきて玄関へと歩いていく。

拓也がついてくるのが当然といった態度に驚きながらも、逆らわずについていった。地下駐車場までエレベーターで下りる。停まっているのはひと目で高級とわかる車ばかりだった。その中の「L」のエンブレムがついたスポーティなデザインの車に、日比野が近づく。地下駐車場の照明が輝くシルバーの車体を浮かび上がらせていて、拓也は怖《お》じ気《け》づいた。

「これ、俺の車。買い物に行って、そのあと晩メシ食おう」

「買い物、ってなにを」

「おまえの服。足らないだろ」

「いや、それは、父さんの車の中にまだあるし……」

「同居祝いだ。俺が見繕って買ってやる。元モデルの俺さまがコーディネートしてやるんだぜ。喜べよ。ほら、乗れ」

「お、俺なんかが乗ったら、汚しそうです……」

「は？　なに言ってんだ？」

　呆《あき》れた顔をしながら日比野は運転席に乗ってしまう。サングラスをかけた日比野は、胸がきゅっとなるくらいにカッコよかった。拓也がよろよろと助手席に乗りこむと、腹の底に響くエンジン音に現実感が遠ざかっていく。

（マジで夢？　なにこれ、俺、死ぬの？）

　ずっと想い続けていた人と再会できただけでも狂喜乱舞するくらいのできごとなのに、その人が所有する高級車の助手席に乗せてもらい、服を買ってもらう？

　あまりにも予想外の展開すぎて、理解が追いつかない。

（今日のあれこれだけで、十曲くらい書けそうだ）

　そんなアホなことを思ってしまうくらい、拓也はいっぱいいっぱいだった。

　結局、日比野の申し出を断り切れず、拓也は高級そうな服屋に連れて行かれ、かたっぱしから試着させられた。ただの白いＴシャツにしか見えないのに一万円もするものだとか、めちゃくちゃ肌触りがいい蕩《とろ》けるような生地のシャツだとか、裸よりも穿《は》いていた方が涼しいズボンだとか、夏用の麻のジャケットだとか、有名メーカーの限定品スニーカーだとか、薄いのにすごく伸縮性がある靴下だとか、とにかくたくさんのものを買ってもらった。

　最後には美容院に連れて行かれた。日比野が懇意にしているという美容師は男の人で、拓也を見るとにっこり笑った。

「どこで発掘してきたんですか、社長。なかなかの逸材じゃないですか？」

「バカ、こいつはダチの息子だよ。デビューの予定はない。伸びっぱなしなんで、とにかくさっぱりさせてやってくれ」

　拓也が呆然としているあいだに椅子に座らされ、白いケープをかけられ、美容師の手によってシャキシャキと髪を切られた。日比野は鏡越しにこちらをチラチラと見ながら、壁際の椅子に座ってファッション雑誌を広げている。

「ほーら、可愛くなった」

　ほんの十五分くらいだっただろうか。あっという間にカットが終了し、拓也は夏らしいさっぱりとした頭になっていた。額と耳が露《あら》わになっている。こんなに短いのは何年ぶりだろうか。頭がスースーする。

「おお、見違えた。ホントに可愛くなったじゃないか」

　日比野が嬉しそうに笑ってくれたので、拓也はホッとした。カット代は当然のように日比野が払ってくれて、拓也は美容師に見送られた。

　その後はマンション近くまで戻り、こぢんまりとした洋食屋に連れて行かれた。いったいどんな高級レストランに連れて行かれるのかとビクビクしていたから、素朴な店構えにホッとした。

　日比野は常連らしく、店員と親しげに会話をし、拓也のことを「友人の息子」と紹介してくれた。

　ふわトロたまごのオムライスをご馳走《ちそう》になった。

「食べながら、今後の共同生活のルール作りをしよう」

　日比野はハヤシライスをもぐもぐしつつ、そう提案してきた。

「まず、家事についてだ。おまえにどれだけ家事スキルがあるか知らないが、無理にしなくていい。掃除はいままでどおり業者に頼むつもりだ。洗濯はそれぞれ自分の都合ですること」

　はい、と拓也は頷いた。日比野の家なのだから、そうしたルールは日比野に従うつもりだ。

「問題は食事だ。外食中心だった俺の生活スタイルに合わせろなんて言うつもりはない。自分で料理して食いたいなら、そうしてくれればいい。キッチンは好きに使え。ただしインスタントばかりってのはやめろ。料理が苦手なら、家政婦に追加で依頼することもできる。毎日じゃなくて、三日に一度、数種類の作り置きを頼むとか、そういうやり方もできるから」

　なるほど、勉強になる。セレブと呼ばれる人たちにとって、家事の一部を外注するのは、ごく普通のことなのだろう。

　拓也は料理を習ったことはないが、数種類の家庭料理なら作れる。車上生活になるまえは、父親と家事を分担していた。もちろんスーパーの惣菜《そうざい》やコンビニの弁当で済ましていた日もあったが、基本的に自分たちで用意したものを食べていた。外食は贅沢《ぜいたく》だと思って、ほとんどしたことはない。

「あの、俺……自分でテキトーに作って済ましてもいいですか……」

「そりゃもちろんいいさ。じゃあ、あとで近所のスーパーを教える。食費も渡すから」

「いえ、食費は自分で……」

「ついでに俺の分も作ってくれたら嬉しいんだけど」

「ぐふっ」

驚きのあまりオムライスが喉に詰まりそうになった。

「お、俺の、料理を、日比野さんが食べるんですか？」

「毎日じゃなくていいぞ。おまえの気が向いたときに多めに作ってくれるていどでいい。そういうときは俺のケータイにひとこと送ってくれれば外食せずにまっすぐ帰る」

日比野はなにを想像しているのか、急にニヤニヤしだした。「……いいな」と呟《つぶや》き、ハヤシライスをきれいにたいらげる。

店員を呼んで、デザートをオーダーした。それも二つも。

「俺の分ですか？」

「あ、甘いもの嫌いだったか？」

「いえ、好きです、けど」

「よかった」

ニカッと太陽のような笑顔を真正面で作られて、眩《まぶ》しさのあまり拓也は目が潰れるかと思った。

「それで、さっきの続き」

「はぁ」

なんの続きだろう。もうわけがわからなくなってきた。いや、とうにわけなんかわからなくなっている。

「当面のあいだ、おまえは俺んちで暮らすわけだが、璃々太の見舞いにはできるだけ行け。あいつは寂しがり屋だからな」

「そのつもりです」

「働くことは、とうぶん考えなくていい。これはルールじゃなくて、俺からの命令だ」

　日比野は真顔でそう言った。意外な発言に、拓也は「どうして？」と疑問を抱く。けれど反発心は湧いてこない。日比野は間違ったことを言わない、と思っているからだ。

「璃々太が体を壊したのは車上生活のせいだろう。おまえは単に璃々太よりも若いから、まだ体調に現れていないだけかもしれない。絶対に体は疲れている。しばらく俺んちで静養していろ。エアコンの効いた部屋の中でごろごろしていていいから」

「でも、そんなの……日比野さんの邪魔になるんじゃ……」

「邪魔だと思うなら、最初からこんなことは言わない」

　コップの水をぐっと飲み干し、日比野はテーブルに頬杖《ほおづえ》をついた。多少行儀が悪くても、日比野がやるとただカッコいいだけだ。隣のテーブルにいる女性客が、ちらちらと横目で日比野を見ている。やはり目を引くのだ。

「まあ、そうは言っても、俺はおまえを軟禁するつもりはない。昼間はどこへ出かけてもいいぞ。璃々太の見舞いもあるしな。できるだけ暑い時間帯は避けろよ。それで、行き先と帰宅時間は俺にかならず伝えること。いいな？」

　はい、と頷いた。やはり日比野は理不尽に「働くな」と命じたわけではなかった。拓也の体を思い遣って、そう言ってくれたのだ。

　社長になってたくさんの社員の上に立つ人は、ちょっとちがうのかもしれない。すごいな、素敵だなと思う。ついじっと見つめてしまったら、「なんだ、なにか言いたいことがあるのか？」と日比野に尋ねられてしまった。慌てて首を左右に振る。

「なにも、ありません」

「そうか？　一方的にあれこれ言われて腹が立ったなら、そう言えばいい。妥協案を探そう」

「いえ、本当に、なにもないです。腹なんか、立っていませんし。俺はただ、その……日比野さんって、すごく優しい人なんだなと思って――」

「はあ？」

　日比野が目を丸くしたので、拓也の方が驚いた。そんな変なことを言っただろうか。言ったのかもしれない。

「俺が優しいだと？　そうか？」

「だ、だって、俺のこと、考えて、いろいろと言ってくれているのはわかるから……」

　恥ずかしくなってきて顔を伏せたが、日比野の視線をびしばしと肌に感じる。額にじんわりと汗が滲《にじ》んできた。髪を短く切ってしまったから、いままでのように髪で顔を隠すこともできない。

（わー、どうしよう！）

逃げ出したいほどに居たたまれなくなって息苦しくなってきたとき、店員がデザートのプレートを運んできてくれた。チョコレートブラウニーとバニラアイス、彩りにミントの葉が添えられている。

「きれいだ……」

つい呟いてしまい、慌てて口を閉じた。こんなデザートのプレートの現物、ものすごくひさしぶりに見た。感動のあまり、子供みたいなことを言ってしまった。

けれど日比野はバカにするようなことは一切言わず、フッと微笑《ほほえ》んで、「溶けるぞ。食べろ」と顎をしゃくる。拓也はおそるおそるデザートスプーンを手に取り、バニラアイスをすくって口に運んだ。

冷たくて甘くて、とても美味《おい》しい。チョコレートブラウニーも、もちろん美味しかった。幸せの味がした。

「美味《うま》いか？」

「とても、美味しいです」

食べてるあいだは夢中でデザートしか見ていなかったが、皿を空にして顔を上げたら、こちらを見つめている日比野と目が合った。ずっと観察されていたのかもしれない。食べ方がおかしかっただろうか？　恥ずかしくて顔が熱くなった。

◇

午前九時、日比野が起きて寝室を出ると、拓也はいつもすでに起きていてキッチンにいる。

「おはようー」

「おはようございます」

三百円均一の店で買ってきたというぺらぺらのエプロンをつけて、今朝の拓也はキャベツをざく切りにしていた。

「なにを作っているんだ？」

「浅漬けです。自分のお昼用に」

「へぇ……」

こんなことをする十九の若者を見たのははじめてだ。感心しながら手元を眺めてしまう。

「いまコーヒーを淹《い》れますね」

「いいよ、そのくらい自分でやるから」

「でも、あの……」

戸惑った顔になった拓也が口ごもる。日比野はすぐに「じゃあ淹れてもらおうかな」とお願いする。

拓也はニコッと笑って湯を沸かしはじめた。すでに棚から出して用意してあったペーパーフィルターをセットして、きちんと計量スプーンで粉をはかる。拓也の手際はよかった。以前、珈琲《コーヒー》店でアルバイトをしたことがあるようだ。

キッチンからコーヒーのいい香りが漂ってきた。「どうぞ」とダイニングテーブルに出されたマグカップの横には、温めたミルクを入れたミニサイズのカップと木のティースプーンが置かれる。こちらは百円均一の店で調達したらしい。

「ありがとう」

日比野は拓也がなにかしてくれたらかならず礼を言うようにこころがけている。それが他人と同居する基本だと、夏目からアドバイスされたからだ。拓也は控えめな笑顔で応じ、中断していた浅漬け制作にとりかかる。

コーヒーは美味かった。濃さが好みのど真ん中で、「朝一番にブラックコーヒーは胃によくないのでは」とミルクを添えてくれる拓也の心遣いがくすぐったい。

（あー…………なんだこれ……幸せか）

日比野の自宅マンションに拓也が来てから一週間が過ぎていた。びっくりするくらいに問題はなく、順調に同居生活は続いている。

拓也は璃々太の見舞い以外には食材の買い物くらいしか外出せず、マンション内の自室でおとなしくしている。日比野は璃々太には内緒でリビングにペット監視用のライブカメラを設置した。動くものがうつると日比野の携帯電話に映像が届くようになっている。さらに拓也の携帯電話にGPSで現在地を知らせてくれるアプリも入れた。もちろん無断だ。

日比野が仕事に行っているあいだ、拓也の動向を知るためだった。本人の了承を得ていないので悪いとは思ったが、仕方がない。

　拓也は外出を制限された暮らしが、あまり苦痛ではないようだった。いまどきパソコンがあればなんでもできる。インターネット環境は整っているので、ゲームはできるし動画は見られるし本も読める。与えた客間の中でなにをしているのかまではわからないが、おとなしくしている分には口出ししないことにしている。たとえエロ動画ばかり視聴していたとしても、そういう年頃だろうから無問題だ。むしろ健全。

　食事も自分で用意しているようなので、まったく手がかからなかった。

　しかし、日比野的にはそこが不満だ。

　もっと手がかかってくれてもいいのに、拓也はいい子すぎる。

　璃々太の心配が理解できたからこそ拓也にアルバイトを禁止させて、外出を控えるようにという理不尽なルールを押しつけたのに、なにもない。もしかしたらまだ手持ちの金があるからおとなしくしているだけだろうかと邪推して、食費を含めた小遣いを渡そうとしたら断られた。その後、食費だけはなんとか受け取ってくれたが、それは日比野もたまに自宅で食事をするからだ。

　拓也が作る料理は美味い。ナスの味噌《みそ》汁と豚肉の生姜《しょうが》焼きなんて好みの味すぎておかわりした。

（くっそ、コーヒーだけじゃなく家庭料理もできるなんて、どんだけ使える男なんだよ拓也！）

　おまけに洗濯もちゃんとしてくれる。日比野がなんでもかんでもクリーニングに出していると知って、自宅で洗濯できるものを仕分けして洗ってくれるのだ。アイロンまでかけてくれる。掃除をしないのは、たぶん家政婦の仕事を奪わないため。

　いったい璃々太はどんな育児をしたのか。いや、もしかしたら璃々太があまりにも頼りなくて、拓也が自主的にいろいろと家事を覚えたのかもしれない。きっとそうだ。あのいい加減が服を着て歩いているような男が、息子に家事を教えられたとは思えない。

　拓也との同居生活は快適で、居心地がよすぎる。この一週間、日比野は仕事が終わるとまっすぐ帰宅していた。拓也が心配だからではない。居心地のいい家に帰りたくなるのだ。

　急いで帰ると、拓也が「おかえりなさい」と玄関まで出迎えてくれる。日比野が買った服を着て、はにかみながら立つ姿を見ると、腹の底がむずむずした。にへら、と変な笑顔になって「ただいま」と言うしかなくなる。

（なんだよコレ、新婚かよ！）

　心の中だけでツッコみ、日比野はこっそりトイレで身悶《みもだ》えた。帰宅してすぐトイレに駆けこむなんて腹の具合が悪いと思われるかも、と気づき、素早く用を足して出たのだった。

　はじめての週末には、また拓也を連れ出して馴染みのセレクトショップに連れて行ってしまった。

　拓也のための買い物は楽しい。小柄だがスタイルは悪くないので、なにを着せても似合う。あれこれと着せ替え人形のように試着させ、たくさん購入した。拓也は値札を見て拒絶していたが、「もらってくれないと今度はこっちの時計を買うぞ」と脅したら受け取ってくれた。

　鍵つきのショーケースに飾られていた腕時計は、六桁のものだった。日比野が日常的に腕にはめているものは七桁だと教えたら、拓也はどんな反応をするだろうか。

（そのうち、拓也に似合う時計を買ってやろう。どんなブランドのどんなデザインがいいかな。オーダーしてもいいな）

ひそかに日比野がそんな野望を抱いているなんて、拓也は想像もしていないだろう。

「あの、本当に朝はコーヒーだけでいいんですか？」

キッチンカウンター越しに拓也が尋ねてきた。最初の朝に日比野がそう言ったので、拓也は律儀になにも作らないでいてくれる。家事労働が居候の義務だと思っているフシがある拓也なので、物足りないのかもしれない。

「本当にコーヒーだけでいいから。出社したらすぐにランチタイムだろ。会社のヤツらと連れだって行くことがあるし、ビジネスランチのときもある。食べすぎで太りたくないからな」

「日比野さんが太るなんて、あり得るんですか」

真顔でそんなことを言うから苦笑してしまった。

「俺だって太るさ。璃々太と同い年で三十五だぞ。油断したら中年太りまっしぐらだ。ナルシストのつもりはないが、服のサイズが変わるのは不経済だと思う。それにほら、病気にはなりたくないし」

深く考えずに軽く言ったら、拓也の顔色が変わった。ハッと気づく。璃々太は病気治療中だ。

「あ、ごめん。そんなつもりはなくて……」

「いえ、いいんです。父さんが病気になったのは不摂生のせいだって、医者が言っていました。日比野さんみたいにきちんとした生活を送っていなかったから、当然なんです」

「うーん、俺がきちんとした生活を送っているのかどうかは――。付き合いで深酒することもあるし、忙しすぎてジムに行けないときもあるし」

「でもそれは、たまに、ですよね。父さんは働かなくなってからいつもお酒を飲んでいました。俺が悪いんですけど……」

「拓也のせいじゃないだろ」

「俺のせいです。俺が父さんにたくさん心配かけて、それを紛らわすためにいつも酔っ払っていたと思うから」

　拓也がしゅんと肩を落とす。たしかに拓也のことは璃々太のストレスのひとつにはなっていただろう。けれど父親として息子の心配をするのは当然のことだし、それが病気の原因のすべてではない。働かなくなり、住処《すみか》を失い、酒に逃げたのは璃々太の性格によるところが大きいと思う。

「とにかく、拓也のせいじゃない」

　日比野はきっぱりと言い、空になったマグカップを流しに出した。気落ちして猫背になっている拓也の背中を軽く叩《たた》き、「ほら、背筋を伸ばせ」とまっすぐにさせる。正面から拓也を見下ろした。

「親が子を心配するのは当然なんだよ。病気になったのは、いくつもの要因が重なった結果だ。おまえのせいじゃない」

　ブルーグレーの瞳がじっと日比野を見上げている。縋《すが》るようなそのまなざしに、胸がきゅっと締めつけられた。まるで捨てられた子犬のようだ。しかも冷たい雨に濡れている。抱っこして連れ帰らなければならない。

「璃々太のことは医者に任せて、余計なことは考えるな」

「でも……」

こういうとき、どんな言葉をかけてあげればいいのだろう。どれだけ「おまえのせいじゃない」とくりかえしても、拓也は自責の念にかられている。ずっと二人で暮らしてきて、璃々太が倒れたときもその場にいたからだ。

「拓也、俺のことは信用しているだろ。だったら俺の言葉も信じろ。璃々太の病気はおまえのせいじゃない。だっておまえはすごくいい子だ。俺のためにコーヒーを淹れてくれたり食事の用意をしてくれたり洗濯をしてくれているように、璃々太にも精一杯のことをしてきたんだろ？　だったらもうじゅうぶんだ。おまえは父親にできるだけのことをした。それでも病気になったのなら、それは璃々太の体質の問題だ」

「……日比野さんの言葉を信じる……」

「そうだ。信じろ」

ふっと拓也が全身から力を抜いた。うん、と頷き、泣き笑いみたいな顔になる。

（くーっ、抱きしめたい！　いい子いい子したいなぁおい！）

ガバッと両手で抱き竦《すく》めたい衝動を堪《こら》え、日比野は優しい笑顔を浮かべてみせた。荒ぶる内心を隠せているだろうか。

　こっそり深呼吸して、日比野は出社することにした。もういろいろとヤバい。

「いってらっしゃい」

　玄関で見送りに立ってくれた拓也に、日比野は「いってくる」と格好つけて返事をした。もちろん玄関の外に出てから、しばらく身悶えした。

　これは精神攻撃だろうか。拓也がすべて承知のうえで、わざとやっているとしたら、とんでもない演技派だ。このまま俳優デビューしてもやっていける。新人賞総ナメだ――。

　もちろん、拓也のアレが演技ではないことくらいわかっている。素でやっているのだから、日比野に効果的なのだ。

（ううぅ、俺はこれからどうなるんだ……）

　よろよろしながら出社した日比野を、夏目が社長室で待ち構えていた。「二日酔いですか」と怪訝《けげん》な顔で見てくる。今日も美魔女ぶり完璧な夏目は、顔を近づけてきてクンクンと匂いを嗅いだ。

「それにしては酒臭くないですね」

「俺はここのところ深酒なんかしてない。拓也が家で待っているからな」

「そうでしたね。拓也君との同居生活はどうですか。いくら璃々太さんの息子で既知の間柄とはいえ、赤の他人と暮らすのはストレスでしょう。大丈夫ですか」

　夏目は日比野がいままでだれとも暮らしてこなかったことを知っている。それなりに深い関係になった人間でも、かたくなに部屋に入れなかった。私生活を牛耳られるのが嫌で一人で過ごす時間が大切だという日比野の気持ちを、母親よりも理解してくれているフシがある。

「それが不思議なくらいに順調なんだよ。きっと拓也がいい子だからだろうな。存在がうるさくないし、メシは美味いし、なにより可愛い。ホントにめっちゃ可愛いんだよ。なんだろうな、あいつは。玄関まで見送りに出てきて、いってらっしゃいなんて言うんだぞ。そんじょそこらのタレントなんか目じゃないくらい可愛い。こう、なにか身の内からぐわーっと熱いものがこみあげてくるような、なんかわけのわからない感情がこう、ぐわーっと」

「社長……」

　夏目が眉間に皺《しわ》を寄せて目を眇《すが》めた。「なんだよ、その目」と問えば、「いいえ」と視線を逸《そ》らす。

珍しい反応をするものだ。なにかおかしなことを言っただろうか……。まあ、いい。

「ちょっと相談なんだが」

「なんでしょうか？」

「十九の男の子がほしいものってなんだろうな。拓也になにかプレゼントしたいんだが」

「……誕生日が近いんですか」

「いや、そうじゃなくて、家事をいろいろとやってくれているから、なにかご褒美というか、感謝の気持ちを贈りたいと思って。そういえば拓也の誕生日っていつだ？　いつだった？　ヤバい、わからん。本人に聞いてもいいものか？」

「さあ、知りません」

　夏目はため息をついて、「これ、このあとの会議までに目を通しておいてください」と書類の束を日比野のまえに置き、社長室を出て行った。

　相談をスルーされてしまった。夏目は中学生の息子がいるから、ためになるアドバイスをもらえると思ったのだが。仕方がないのでパソコンを立ち上げ、「十九歳、男、ほしいもの、プレゼント」とネットで検索してみた。財布、腕時計、ゲーム機などが出てくる。

「財布か……。そういえば拓也はどういうものを使っているんだ？　ろくなものを持っていなさそうだな。いいかもしれない。腕時計はそのうち買ってやろうと思っていた。ゲーム機は、よくわからないな。拓也はゲームをするのか？」

　日比野はゲームをしないので、現在の人気ゲーム機とかソフトとか、なにも知らない。詳しくないものはやめておこう。

「よし、財布だ。若者が好むブランドとかデザインは……？」

　またネットで検索してあれこれと吟味した。実物を見た方が選びやすいなと考え、仕事の合間にショップまで足を運ぼうと計画を立てる。仕事を最短で済ませ、時間を作るしかない。ただでさえ拓也と同居してから早く帰るようにしている日比野だ。もっと労働時間を削ったら、夏目から叱《しか》られそうだが、仕方がない。

　日比野はただ拓也の喜ぶ顔が見たいだけなのだ。サボろうだとか、怠けようだとか、そういうことは考えていない。一応は。

「社長、会議の時間ですよ」

ドアがノックされて若い男性社員が顔を出した。マズい、目を通せと言われていた書類に手をつけていない。慌ててザッと斜め読みをしてファイルに挟み、それを小脇に社長室を出た。

会議室は大小いくつもあって、それのどこかわからない。通りがかりの社員を捕まえて尋ねたらAだと教えてくれた。会議室Aのドアは開け放たれており、すでに集まっている社員たちが雑談しているのが聞こえた。

「だから、きっと恋人ができたのよ。いままで用もないのにダラダラとオフィスでしゃべっていた社長が、用事を済ませるといそいそと帰るなんておかしいもの」

「家で待っている人がいるってこと？　えー、どんな人なんだろう？」

「すんごい美女なんじゃねぇの。だって、あの社長を射止めたんだぞ。生ける屍《しかばね》みたいに生気がなくなって、もう枯れ果てたとか言っていたのに」

どうやら日比野の話題で盛り上がっているらしい。最近の日比野の行動パターンに変化があったので、社員たちが面白がって理由を探っているのだろう。

それはべつにかまわないが、生ける屍とか枯れ果てたとか、はなはだ失礼だ。

「でも社長ってバイなんじゃなかったか？　過去には男の恋人もいただろ。この業界、珍しくないし、美女と決めつけるのはどうなんだ」

「えっ、社長ってバイなの？　知らなかった」

「ああ、あんたは入社してまだ三年だもんね。社長は二十代の頃にすごかったのよ。男女かまわずあっちこっち手を出して、いつもゴタゴタしていたんだから。でもタレントには手を出していないからね。そのあたりの常識はあった。でも下半身に理性はなかった」

　ひどい言われようだ。ムカつくが否定できないところが情けない。

「そっかー、バイなんだー。だったらアタシが聞いた話って……」

「なになに、なんか聞いたの？」

「社長が美少年を連れて買い物していたのを目撃した人がいて」

「えーっ、マジで？　美少年？」

「大量の服とか靴とか、ばかすか買ってたって。若い愛人に経済力を見せつけてドヤ顔しているようにしか見えなかったって」

「それヤバいんじゃないの。美少年って何歳なのよ。捕まらない？　社長が淫行で捕まる会社なんて嫌だよ、私！」

　一気に会議室内が悲壮な雰囲気になってきた。捕まらないから。淫行なんてしていないし、そもそも拓也はもう十九歳だし、保護者の璃々太と話はついているし。それよりも――。

（ドヤ顔だと？）

　日比野は拓也との買い物をだれかに目撃されていたことよりも、ドヤ顔していたと表現されたことに衝撃を受けた。そんなつもりはなかった。拓也にいろいろと買ってあげたかっただけだ。それなのに経済力を見せつけていたように受け止められたなんて。

　まさか拓也もそう思ったのだろうか。すぐにでも拓也に電話をして問い質《ただ》したい。

「どこの美少年だったの」

「さぁ……そこまでは」

「副社長は知っているのかな。あの人、社長が子供のころからここにいるって聞いたから、プライベートまで把握しているんじゃない？」

「勤続二十年だ」

「副社長に聞いてみようか」

　会議室から数人が出てこようとしたので、立ち聞きしていた日比野と鉢合わせた。社員たちは日比野を見てギョッとする。

「いまから会議なんだろ。どこへ行くんだ？」

　冷静に尋ねると、社員たちが目配せし合いながら室内に戻る。全員が席についたところで、日比野はひとつ息をついた。

「俺は逮捕されないから、安心しろ」

　とりあえずこれだけは、と思って言った。社員たちは顔を上げ、質問しようと口を開きかける。そこを日比野はてのひらを見せて制止した。

「俺のプライベートだ。詮索するな」

「でも……」

納得しかねる、といった社員たちの表情に、日比野は仕方ないなとため息をついた。

「その美少年っていうのは、友人の息子だ。友人が病気で入院したんで、自宅に預かっている。夏目も事情は知っている。やましいことは一切ない。その子を連れて買い物をしたのは事実だが、身の回りのものをすこし買い足しただけだ。ドヤ顔ってなんだよ……」

最後は愚痴っぽくなってしまった。しかし夏目も承知しているという説明に安堵《あんど》したのか、社員たちの表情が緩んだ。社長の日比野よりも副社長の夏目の方が信用されている事実に、ちょっとばかり拗ねたくなった日比野だった。

◇

拓也は作り置きのキュウリとニンジンの浅漬けを冷蔵庫から取り出し、電子レンジで温めるだけの冷凍コロッケと納豆で昼食を済ませた。

日比野から食費を預かっているので夕食はもっといろいろと献立を考えるが、一人きりの昼食はこんなものだ。不満はない。もともと舌は肥えていないし、車の中より落ち着いて食べられる環境にいるだけでも日比野に感謝していた。

時計で時刻を確認して、拓也は外出の準備をした。父親の見舞いだ。毎日、午後に行く。

自分の部屋に行き、開けっぱなしだったノートパソコンを覗きこんだ。制作途中の楽曲のデータを保存して、電源を落とす。財布と携帯電話だけを持って、マンションを出た。

車上生活中は用心していつもノートパソコンをリュックに入れて持ち歩いていたが、いまはそんなことをする必要がない。身軽に出歩けることが嬉しかった。

日比野の部屋に居候させてもらってから、十日が過ぎた。ささいな生活習慣のちがいなどはあったが、大きな問題は起こっていない。快適すぎる生活に、拓也はもうずっと夢見心地だ。冷房はいつも適度に効いていて涼しいし、システムキッチンは使いやすい。ドラム式洗濯機はスイッチを押すだけで乾燥まで終わってしまうし、風呂もボタンひとつで湯を張る。いままで安くて古い賃貸アパートにしか住んだことがなかったので、なにもかもが目新しくて面白かった。

拓也にとってもっともありがたかったのは、インターネット環境が整っていることだ。仕上げた楽曲を投稿サイトにアップロードするために、わざわざカフェに行かなくていい。しかも日比野にアルバイト禁止を言い渡されたので、思うぞんぶん制作に没頭できる。日比野が神に思えた。

おかげで、たった一週間のあいだに三曲も作ってしまった。

日比野との生活が楽しいという拓也の現在の心境を形にしたので、片想いをしていたころとはずいぶんと作風が変わってしまったが、だれのためのものでもないので気にせずアップした。

好きな人と暮らす喜びは大きい。けれどこの想いは秘密で、ときどき苦しい。それでもなくしたくない。いまを精一杯楽しもう——そんな曲だ。

（辛《つら》い思いをしている父さんには申し訳ないけど……）

闘病中の父親には感謝している。父親が入院したおかげで日比野と暮らせているのだ。とても後ろめたいけれど、事実だ。

一昨日、拓也はネットで「膵炎」を検索してみた。いつでも検索できたのに一昨日までしなかったのは、医師の話以上のことを知りたくなかったから。怖かったのだ。

膵炎の原因はやはり過度な飲酒であることがほとんどだと書かれてあった。軽度であれば生活改善と投薬でよくなるが、重度になれば命に関わるらしい。死ぬこともあると知って、拓也はショックだった。

日比野は父親の病気は拓也のせいではないと言ってくれた。しかし、拓也がいなければストレスはなく、飲酒で紛らわすこともなかったにちがいない。

離婚後、一人でのんびり生きていたのに、拓也を引き取ることになってしまった。しかも拓也は不登校で、多大な心配をかけてしまった。父親としていろいろと思い悩んだことだろう。

それなのに、日比野との生活が楽しいなんて、親不孝者だ。

（父さん、ごめん。でも、どうせ期間限定なんだ。いまだけ、いまだけ）

自分にそう言い聞かせて、拓也は毎日、午前中は制作に励み、午後は病院へ足を運ぶ。

日比野のマンションから病院までは車で行けば三十分ほどだが、電車とバスを乗り継ぐと一時間近くかかった。今日の空はどんよりと曇っている。そろそろ梅雨《つゆ》だ。あまり暑くないのはありがたいが、湿度が高かった。

どれだけ汗をかいても、日比野が買ってくれたTシャツはさらりとした肌触りで着心地がいい。パンツも冷感素材だとかで蒸れ知らずだ。日比野に贈られた服はどれもデザインがシンプルなので、父親は拓也が着ている服が高級品だとは気づいていない。あえて拓也はなにも言わなかった。

「あら、拓也君、こんにちは。毎日えらいわね」

病院に到着し、入院病棟へ行くと、もう顔馴染みになった看護師が声をかけてくれた。軽く会釈して通り過ぎ、父親の病室に行くと、珍しく話し声が聞こえた。二人部屋の窓際のベッド脇に、どこか見覚えのある男がいた。すらりと背が高く、理知的な黒縁メガネをかけて、顎にまばらな髭《ひげ》を生やしている。平日の昼間なのに、その人はラフなデザインのシャツと、ゆったりしたラインのカーキ色のパンツという格好。どういう職種の人だろうか。

ベッドに座る父親が気を許した笑顔になっているということは、そうとう親しいはずだ。

「こんにちは」

とりあえず挨拶をしながら中に入ると、父親と客が同時に振り向いた。目が合った瞬間、その男がだれだか思い出した。松田建人だ。父親のもう一人の幼馴染み。

「おお、拓也、来たな」

父親が上機嫌で手招きしてくる。

「こいつ、覚えているか？」

「松田さんですよね。おひさしぶりです」

ぺこりと頭を下げると、松田は口元をふっと緩めて「ひさしぶり。大きくなったな」と言ってくれた。たぶん記憶にある拓也とあまり体格は変わっていないだろうが、気を遣ってくれたのだろう。

「俊輔から連絡をもらって驚いたよ。すぐに見舞いに来られなくてごめんな。ちょっと仕事が立てこんでいて、身動き取れなくて」

「拓也、建人ってば夢だった一級建築士になったんだってさ。すげぇよ。いま大手の設計事務所で働いてて、ビルとか設計して、すごい高給取りらしいぞ。お見舞いもらっちゃった」

父親が笑いながら白い封筒を見せてくるから、拓也は慌てて「ありがとうございます」と頭を下げた。いくら包まれているのか、あとでチェックしなければならない。こういうものは退院したときにお返しする習わしだったと、おぼろげながら知識がある。

その後、三人でしばらく雑談したあと、仕事に戻るという松田と共に拓也は病室を出た。見舞いは毎日行くが、あまり長居はしないと決めている。まだまだ体力が戻っていない父親が疲れてしまうからだ。

「拓也君、送っていくよ」

松田は自分の車で来ていた。遠慮しようとしたが、「いいから。俊輔のところに居候しているんだって？」と事情を父親から聞いたと言われてしまうと、断りにくい。拓也がいまあてがわれている部屋は、松田が泊まるとき用の客間だったわけだから。

　松田の車は車高の高いＲＶ車だった。まだ新車なのか、ピカピカだ。こちらも日比野の車に負けず劣らず高そうで、拓也はおっかなびっくり助手席に座る。父親の愛車との落差がすごすぎて、生活レベルのちがいにため息が出てしまいそうになる。同い年の幼馴染みで、いまだに仲がいいのが不思議だ。

「拓也君はいくつになったんだっけ」

「十九です」

「もう十九なのか。そうか。ずいぶん会っていなかったから、最初わからなかったよ。すこし様変わりしたね」

「え……そうですか」

　意外なことを言われて、拓也は手で顔を擦《こす》った。どのあたりが変わったのだろう。自分ではわからない。父親にもそうした意味のことをなにか言われたことはなかった。

「俊輔とはどう？　うまくやれてる？」

「ええ、まあ、なんとか」

「あいつがだれか他人といっしょに暮らせるなんてびっくりだけど、無理していない？　気詰まりで息苦しいとかない？」

「ないです、けど」

松田がなにをそんなに心配しているのかわからなくて、拓也は運転席をちらりと横目で窺う。

「俊輔がもう無理ってなったら、僕のところに来てもいいからね」

ハンドルを握る松田の左手薬指に、結婚指輪らしきものはなかった。日比野とおなじで独身なのだろう。

「日比野さんはとてもよくしてくれています。その、気詰まりとか、感じたことはなくて、快適です」

「そう？」

松田は難しい顔で前方を睨《にら》むようにしている。「うーん」と低く唸《うな》ったあと、松田がおもむろに口を開いた。

「こんなこと拓也君に言うべきかどうかわからないけど……俊輔のヤツ、杏奈さんをあまりよく思っていなかったからさ。璃々太が結婚したときは大反対していたし、離婚したあと璃々太が拓也君を引き取ることになったときも激怒していたし――」

「ああ……はい」

父親と暮らすようになってから、拓也は日比野と松田に引き合わされた。生まれたばかりのころに会っていたらしいが、拓也にとってはそれが二人との初対面だった。そのときのことは、よく覚えている。すでに小学生になっていたから。

松田は痛ましいものを見るような、児童相談所の人たちと似たような目で拓也に接した。日比野の方は最初、拓也を無視した。というか、見ようとしなかった。なんとなく怖くて、拓也は父親の後ろに隠れていた。けれど何度も会ううちに、ぶっきらぼうな口調で話しかけてくれるようになり、やがて手を繋いでくれたり膝に乗せてくれたりするようになった。

いつから日比野に好意を寄せていたのか、拓也ははっきりとわからない。ただ、不器用な優しさを感じるたびに、日比野の笑顔を目にするたびに、拓也の幼い胸がときめいていた。

日比野が拓也の母親をよく思っていないことは、なんとなくわかっていた。父親を含めた三人の大人たちの雑談に、母親の名前がごくたまに出ることがあり、そのたびに日比野が「あの女の話をするな」と吐き捨てるように言っていたからだ。

「拓也君、髪と瞳の色とか、杏奈さんにやっぱりちょっと似ているところがあるからさ、俊輔がよく同居を決意したなと思って」

「……似ていますか」

「んー……雰囲気はね。でも性格はぜんぜんちがうみたいだ。璃々太にも似ていないみたいだし、拓也君のそのおとなしめの性格はだれに似たんだろうね。だから俊輔はなんとかなっているのかな」

「なんとか……」

「ごめん、余計なことを言っちゃったかな。二人がうまいことやっていけているなら、それでいいんだ。璃々太が退院するまでっていう期間が決まっていることも大きいのかな。でもなにかあったら、僕を頼ってくれ。拓也君の味方だから」

松田はそう言って、照れたように笑った。

「こんど、俊輔と三人でご飯でも食べよう」

日比野のマンション前で下ろしてもらい、拓也は部屋に戻った。洗面所で手を洗いつつ、鏡にうつる自分をじっくり見てみる。母親の顔は、もう記憶の中でおぼろげになっている。似ていると言うのなら、きっと似ているのだろう。

父親は拓也のまえで母親のことをめったに話題にしない。思い出したくないほどの結婚生活だったのかもしれないし、語るほどのものがないのかもしれない。よほどのことがなければ、一度神さまのまえで誓った夫婦が離婚しないことくらい、拓也にだって想像できる。自分の両親のあいだには、そのよほどのことがあったのだろう。

母親に似ているという拓也がそばにいたら、父親はどうしても別れた妻を思い出してしまうのではないだろうか。それも父親のストレスになっていたとしたら。日比野にも、嫌な思いをさせているとしたら。

整形でもしないかぎり、顔は変えられない。

鏡にうつる自分を見つめながら、拓也は途方に暮れた。

◇

松田からメールが届き、璃々太の見舞いに行ったことを知った。そこで拓也にばったり出くわしたことも。

日比野は無意識のうちにチッと舌打ちしていた。そんな自分に驚く。

璃々太の入院を松田に知らせたのは自分だ。仕事の合間に見舞いに行くと聞いていたから、それはいい。しかしなぜそこで拓也に会うのか。

（俺の知らないところで……）

面白くない。松田を拓也に会わせないでおこうと思っていたわけではないが、そのうち三人で食事でもしようと考えていた。自分が二人を引き合わせるのではなく、偶然に再会したのが不満だ。

若干イライラしながら仕事をしていたら、当然のごとくはかどらない。日比野は疲労を感じて社長室を出た。オフィスの隅に設置してあるカフェコーナーへ行き、コーヒーサーバーで紙コップに濃い目のコーヒーを淹れる。一口飲み、拓也が淹れたコーヒーと無意識のうちに比べてしまっていることにため息が出た。いままではこのコーヒーでじゅうぶんに満足していたのに、あまり美味しくないと思ってしまう。

（どうなってんだよ、もう……）

モヤモヤするしイライラするし、早く帰りたくてたまらない。拓也の顔を見て安心したかった。

「あ、社長、休憩ですか？」

若い女性社員が二人、カフェコーナーにやってきた。二人ともカフェラテを淹れてベンチに座る。

一人の女性社員が携帯電話を取り出し、片手ですいすいと操作した。

「あ、すごい、もう新曲がアップされてる」

「えー、ホント？　早いよね」

「なんか最近早いんですよ、作風がちょっと変わったし、なにかあったのかも」

「これはアレでしょ、恋が成就したんだ、きっと」

二人はキャッキャとやり取りしながらワイヤレスイヤホンを片方ずつ耳に入れる。じっと聞き入っている様子が気になり、「新曲って、だれの？」と聞いてみた。

「『糸』です」

「イト？」

「知りません？　二年くらいまえから話題になっていますよ。ＤＴＭ《ディー・ティー・エム》の『糸』です」

「ああ、あの『糸』ね」

話題になっているのは小耳に挟んでいる。

ＤＴＭ（デスクトップミュージック）は実際に楽器を演奏したり歌ったりすることなく、パソコンの中で楽曲を制作し、音楽ソフトを使用して歌わせ、インターネットの投稿サイトにアップロードするのが主なやり方だ。曲がよければ、再生回数によってはかなりの収入になる。

ここのところ、ＤＴＭ出身のシンガーソングライターが音楽業界を賑《にぎ》わしていた。日比野プロはミュージシャンを扱っていないので、他の音楽事務所のように躍起になってＤＴＭ制作者を発掘しようとはしていない。

「なにこれ、すごくいいんだけど……」

「やだ、『糸』さん、いますごく幸せなんだね……」

女性社員二人は顔を見合わせ、涙ぐんでいる。大袈裟《おおげさ》な反応だなと思いつつ、日比野は興味を抱いた。紙コップを手に社長室に戻る。デスク上のパソコンで投稿サイトにアクセスし、『糸』の楽曲を検索した。ずらずらと出てくる。

まずもっとも再生回数が多いものを聞いてみることにした。二年前、最初に話題になったものだ。切ない片想いの歌だった。無機質な機械仕掛けの女の子の声なのに、絶妙なメロディとストレートな歌詞が響いてくる。なるほど、話題になるのがわかる。制作者はまだ若いのだろう。甘くて青い果実のようなみずみずしさに溢れていて、とうにオジサンになってしまった日比野に若い頃を思い出させた。会えなくても好きな人の声を思い出すだけで幸せだなんて、ささやかすぎる。

不思議な中毒性があるのかもしれない。日比野はつぎつぎと楽曲を再生させていった。

「あれ……？」

急に作風が変化した。社員たちが言っていたのはこれか、と日比野は耳を傾ける。

アップされた日付は一週間前。それまでは一週間から十日に一曲、間が空くときは一カ月に一曲というペースでの投稿だったのに、この一週間で一気に三曲もアップされていた。その三曲がどれも明るく、幸せに満ちた曲だった。

「片想いが実ったのか？」

この変化はそうとしか思えない。アップテンポの曲に同棲中の彼の様子がリアルな歌詞で表現されている。彼のために料理をする喜び、「いってらっしゃい」「おかえりなさい」と言える喜び、夢なら覚めないで――。

「いや、これは……妄想？　それともただの同居？」

完璧な幸せではなく、どこかに暗い影がひそむ不穏な未来も見え隠れしている。つかのまの幸せを精一杯楽しもうとしている健気《けなげ》な女の子の心情が読み取れた。

いつしか日比野は涙ぐんでいた。

「こんないい子……。幸せになってほしいな……相手の男はなにやってんだよ。どうして気づかないんだよ。ちゃんと彼女を見てやれよ。そばにいるんだろ？」

ぶつぶつ文句をつけながら聞き惚《ほ》れる。最新曲を、日比野は時間を忘れてリピートしまくった。

社長室のドアがノックされたことにも気づかず、入室してきた夏目に「どうかしましたか？」と顔を覗きこまれて我に返る。イヤホンを使っていなかったため、パソコンからかなりの音量で『糸』の歌が流れていた。

「体調でも悪いんですか？」

心配そうに尋ねられ、日比野は涙目になっているところを見られたのだと慌てる。急いで音を消して、「なんでもない」ととりつくろった。

「いまの曲、ＤＴＭの『糸』ですよね。社長が『糸』の曲をお好きだとは、知りませんでした」

「いや、好きというかなんというか、その、さっき社員たちが『糸』の新曲について話しているのを聞いて、ちょっと……」

「十代から二十代前半の若者に人気がありますね。もちろん社長のように三十代半ばの男性からも支持されているみたいですよ」

　にっこりと微笑まれて日比野は赤面した。

「俺はべつに曲を聴いて泣いていたわけじゃない」

「あら、泣いていたんですか。珍しい。雪でも降らなきゃいいですけど」

「六月に雪が降ってたまるか」

「可愛いこと言わないでください、俊輔クン」

　ほほほほ、と美魔女が笑う。十歳も年上で日比野が小学生のときから知っている夏目は、母親の次に厄介な存在だ。

「もし社長が『糸』に興味がおありなら、コンタクトを取ってみましょうか？　まだどこの事務所にも所属していないみたいですよ」

「でもうちはミュージシャンを扱っていないだろ」

「これを機に音楽部門を作ってもいいと思います」

　軽い口調ながら真剣味がある。夏目がずっと音楽関係に踏みこみたがっているのは知っていた。夏目が日比野プロに骨を埋《うず》めるつもりで働いていることも、知っている。

三年前、日比野が会社を継ぐとき、じつは事件があった。

母親の多恵《たえ》は、二代目社長だった。創業者の父親（日比野の祖父）が急死し、四十歳で社長に就任してから二十年以上、多恵は所属タレントと社員のために身を粉《こ》にして働いていた。会社の顔として立つために、いつも身《み》綺麗《ぎれい》にしてブランド物のスーツを着た多恵がさっそうと歩く姿を、日比野はカッコいいと思ったものだ。

仕事に没頭しすぎて夫と不仲になり離婚したあとも、多恵は日比野プロのために働いた。

それがおかしくなったのは、六十歳の誕生日からだ。社員たちに還暦を盛大に祝われてしたたかに酔い、懇意にしている女性ファッション雑誌の編集長に誘われ、興味本位ではじめてホストクラブに行った。そこで出会ったホストに、ハマったのだ。

そのころ日比野は、日比野プロの企画部で働いていた。大学生時代から一人暮らしをしていたので、母親とは会社で顔を合わせるくらい。私生活などまったくタッチしていなかった、というか、仕事人間の母親に私生活など存在するのか？　と思っていたくらいだ。

社長の多恵の異変に最初に気づいたのは、当時から副社長だった夏目だった。

還暦祝いのあと、多恵が若返ったようにきれいになったらしい。恋人ができたようだと夏目は察したが、多恵は相手の素性を一切明かさなかった。それから一年ほどはなにごともなかった。しかし経理部から会社の金に使途不明金があると打ち明けられ、夏目はすぐに調査をはじめた。犯人は多恵だった。ホストに入れあげて、大金をつぎこんでいたのだ。

個人の資産を使い切ってしまい、困ったあげくに会社の金に手をつけていた。

会社を守るため、夏目は鬼になった。夏目にとって多恵は恩人だ。モデルとしての限界を感じていた夏目を、社員として入社させたのは多恵だった。

表沙汰にしないかわりに、静かに身を引いてくれと多恵に迫り、自分ではなく日比野を社長に推した。夏目は副社長のままで。

それが三年前の社長交代劇だ。

多恵には退職金としてまとまった金を持たせ、田舎で隠居生活を送らせている。今年で六十五歳。件《くだん》のホストとは縁が切れたようだ。贅沢をしなければ、渡した金であと二十年くらいは楽に暮らせるはずだ。ときどき夏目がこっそり様子を見に行っているらしい。

そんな夏目が、ここにきて音楽部門に意欲を見せている。頭から否定したくない。

「うちの若手の中には、音楽活動にも手を出してみたいと言っている者もいます」

それは知っている。昔から、本命は音楽だが、まずはモデルや俳優業で名前を売り、そのあとで路線変更をしたり二足のわらじを履いたりするタレントは複数いる。せっかく育てたタレントを歌手活動をしたいからと音楽関係に強い他社に移籍される例は、業界内でよくある。

日比野が社長に就任してから自社ではそうしたことはないが、いつ売れ筋タレントが移籍したいと言い出しても不思議ではなかった。

「んー……そうだな。ＣＤばかりじゃなく、配信とかサブスクとかで視聴の多様性ができてきて、あんまり大がかりに金をかけず、低予算でも手を出しやすくはなってきたな……」

「そうです」

「音楽部門を作る案は検討してもいいと思う」

「そうですか。ではすぐにでも幹部会議に入ります。担当部署を作りましょう」

「でも『糸』に関しては、ちょっと待ってくれ」

「どうしてですか？」

日比野のイメージでは、『糸』は自宅でひっそりと、家族にも内緒で制作している内気な少女だ。自身がメディアに露出する気はまったくない。身バレしたくないのだ。

顔を隠して声だけで露出しても、話し方やシルエットで身近な人間にはバレてしまうことが多い。もし『糸』だと世間に知られることで、片想いの相手に恋心が悟られたら――。それを避けるために覆面を続けているのだとしたら。

「……いままでどこの事務所にも所属せず、投稿サイトにアップするだけで本人の露出はなし。たぶん山ほどのテレビ関係者や芸能プロダクションが接触しようと試みているはずだ。でもこれだけ覆面スタイルを徹底しているということは、本当に世に出たくないんだと思う」

「まあ、それはそうでしょうけど……」

「そっとしておいた方がいいんじゃないかな」

『糸』の正体を知りたい、という気持ちはなくはない。けれど連絡を取って、説得して、プロダクシヨンに所属させることが、正解なのだろうか。『糸』の気持ちを踏みにじることにならないか。

「でも社長、このまま世間が『糸』を放っておくとは思えません。そのうちどこかに捕まりますよ。それならうちが保護してあげたいです。悪いようにはしません」

夏目が言いたいことはわかる。芸能プロダクションは本当にピンからキリまであり、良心的なところから、悪徳業者まがいのところまでいろいろだ。

捕まる、保護、と不穏な単語を口にした夏目は、やはり日比野とおなじように世渡りベタでコミュ障っぽい夢見がちの少女を想像しているようだ。

「『糸』にコンタクトを取ってみます。まったく反応がなければ、それまでですけど」

「……わかった」

許可を出すと、夏目は嬉々《きき》として社長室を出て行った。

（どんな人間なんだろうな。『糸』ってのは……）

知りたいような、知りたくないような。複雑な気持ちだった。

◇

「あ……」

パソコンに届いたメールのチェックをしていて、拓也はドキッとした。送り主が、『日比野プロダクション』だったからだ。

拓也はアップロードする楽曲にメールアドレスだけを添えている。プロフィールは一切公開していないし、ほかに『糸』という名でＳＮＳもやっていない。

以前、『糸』の曲にＰＶ《プロモーションビデオ》を作りたいが作者の連絡先がわからない、と嘆いている人の呟きを偶然目にして、メールアドレスだけは添えるようにしたのだ。その人は丁寧にメールで許可を求めてきてくれて、とても素敵な映像を作ってくれた。その後は拓也の方から依頼することもある。

長文のメールで感想を送ってくれる人もいて、それがささやかなやりがいを与えてくれていた。けれどメールに返事はしない。すべてに返信するのは大変だし、やり取りをする中で実際に会ってみたいと言われても困るからだ。

ときどき、芸能プロダクションや音楽プロデューサーを名乗る人からもメールが届く。拓也なりに誠意を尽くした断りの返事を送るが、それがきちんと礼儀正しい文面になっているのかどうかはわからない。

「これって日比野さんの会社、だよな……。副社長の夏目茉里子…さん」

困ったな、と思いながら、とりあえずメールの本文を読む。格式張った時候の挨拶からはじまって、どこかに定型文でもあるのかと疑いたくなるような、他社と似たようなスカウトの話だ。このまま売れていけば一人でマネジメントができなくなるから、どこかの事務所に入って面倒な事務作業は任せた方がいいと書かれている。

そんなことはわかっている。再生回数が増え続けたら、収入はそれに応じて増えていくだろう。税金とか、拓也はなにも知らない。来年には二十歳になってしまうし、子供だからわかりません、なんて言い訳は通用しなくなるだろう。

憂うつな気分でメールを読み進めていくと、最後の数行が他社とはちがっていた。社長の日比野も『糸』の楽曲が好きで、くりかえし視聴していると書かれていたのだ。

「うそ……日比野さんが？」

聴いてくれている、嬉しい——と喜んだのは数瞬だ。拓也はすぐに頭を抱えた。猛烈な羞恥が襲ってきて、じっと座っていられなくなる。ウロウロと部屋の中を歩き回り、衝動的に叫びたくなった。ベッドに潜りこみ、枕に顔を押しつけて思いきり叫んだ。

気が済むまで何度も叫んで、苦しくなったのでベッドから出る。顔から火が出そうだ。

「なんで、なんで聴くの？　恥ずかしいよ！」

わーっと両手で髪をかき回す。

「聴かないでほしい。やめてよ、聴くなって言いたいけど、そんなこと言えないし！」

日比野を想って作った曲だ。どうして本人が聴くのか。それは拓也がアップして晒《さら》したからだ。だれかに聴いてほしいというささやかな願望が、ついにこんなことになった。日比野にくりかえし視聴されているなんて、恥ずかしすぎて死ねる。

救いなのは、日比野が『糸』は拓也だと知らないことだ。

「バレないよな。黙っていれば、わかんないよな？」

ノートパソコンを閉じて、拓也は夏目からのメールが視界に入らないようにした。

落ち着こう。とにかく落ち着こう。

拓也は日常に戻れば落ち着けるかなと考え、いつもより早いが夕食の準備にとりかかることにした。

◇

「ただいま」

玄関を入ると、廊下の向こうからパタパタとスリッパの音が近づいてきて、エプロンをつけた拓也が小走りでやってくる。

「おかえりなさい」

はにかむような笑顔で出迎えてくれ、日比野はデレッと相好を崩しそうになる――というのが、日課になりつつあった。

（クッソ、可愛いなオイ！）

内心でツッコみながら靴を脱ぎ、廊下を引き返していく拓也の後ろをいそいそと追った。

「今夜は牛丼を作りました」

「お、いいね」

「ビール、飲みます？」

「もらおうか」

拓也が冷蔵庫から缶ビールを取り出し、グラスといっしょにテーブルに並べてくれる。美味そうな牛丼と、紅生姜、茹《ゆ》でたての枝豆という素晴らしいメニューだ。

「ありがとう」

目を見て礼を言ったら、拓也が戸惑うように視線を逸らす。「あの、どうぞ」と呟くように食事を勧め、キッチンカウンターの向こうに行ってしまった。

「拓也は食べないのか？」

「俺は先に済ませました」

ここ数日、拓也の様子がすこしおかしいように思う。あまり目が合わないし、日比野の帰りを待たず、今夜のように先に済ませてばかりだ。いや日比野とて拓也を空腹のまま待たせるのは申し訳ないので、先に食べてくれてもいい。ただ、急な変化だったので気になっている。

（もしかして、避けられている……？　俺、なにかしたかな？）

記憶をさかのぼっても、思い当たるフシがない。

とりあえず冷めてしまうまえに食べようと、両手を合わせた。そこにピンポーンとインターホンが鳴った。午後八時。来客の予定はなかったはずだ。

「なにか通販で買った？」

「いいえ、俺はなにも……」

拓也が不審そうにしつつ、リビングの壁に取り付けられたモニターを覗きこむ。

「あ、松田さん」

「えっ？」

食べようと箸を構えていた日比野は、驚いてテーブルに戻した。拓也の頭越しにモニターを見れば、たしかに松田がうつっている。

『俊輔、開けてくれよ。ワインをもらったんだ。ひさしぶりに宅飲みしようぜ』

手に持っていた紙袋を持ち上げ、モニターにうつるようにしている。松田のアポなしでの訪問はべつに珍しくない。だがいまは拓也がいる。それを知っているはずなのに。これから拓也が作ってくれた牛丼を食べるところだったのに。

「いま開けます」

日比野がもやもやしているうちに、拓也があっさりマンションエントランスのロックを解除してしまった。「あっ」と声を出した日比野を、拓也が「えっ」と振り返る。

「開けちゃダメでした？」

「いや、いい。いいけど、あいつ、晩飯まだだと思う」

「牛丼ならたくさんあります。大丈夫です」

ぐっと拳《こぶし》を握って見せた拓也が可愛い。この可愛い拓也を松田に見せるのか。

病院でばったり会ってしまったのは仕方がないが、日比野の部屋で家事にいそしんでいる拓也を松田に見せるのは、なんだか嫌だった。しかし、丼を用意している拓也にそんなことは言えない。せめて――と、控えめなお願いをしてみた。

「拓也、エプロンはもう外してもいいんじゃないか」

エプロン姿でキッチンに立っている拓也は俺のものだ。

「どうしてですか？　牛丼の汁が飛ぶかもしれないし、洗い物もまだ終わっていません」

「汁ぐらい飛んでもいいだろ」

「日比野さんが買ってくれたシャツに染みができたら、俺、ショックです……」

可愛いなぁオイ！　服なんか何十枚でも何百枚でも買ってやる！

喉元まで出かかったセリフをぐっと飲みこんだ。馬鹿な成金みたいなセリフを吐いたら拓也に軽蔑されそうだ。拓也はものを大切にする、心が清らかな十九歳なのだから。

ピンポーンと玄関の呼び鈴が鳴り、日比野は仕方なく鍵を開けにいった。

「よう、俊輔」

なんの憂いもないニュートラルな表情で松田が入ってくる。ワイン入りの紙袋を渡された。

「お、なんかいい匂いだな」

「今夜は牛丼だ」

「買ってきたのか。僕の分は？」

「図々しいな。拓也が作ったから余分にある」

「えっ、拓也君って料理するのか？　ああでも、父子家庭なんだから料理くらいするのか」

松田は勝手知ったるなんとかでスリッパを出すと、さっさと奥へと歩いていく。

「拓也君、こんばんは」

「こんばんは」

キッチンカウンター越しに拓也がぺこりと頭を下げる。両手でエプロンの裾あたりをきゅっと握っていた。やや緊張しているようだ。日比野に対してはもう身構えることがなくなっている、といまになって気づく。心を許してくれているのなら嬉しい。

「病院でばったり会って以来だね。元気？」

「元気です」

拓也はぎこちなく頷き、「あの、俺が作った牛丼があるんですけど、食べます？」と聞いた。

「食べる食べる。おお、美味そうだ」

手早く丼によそって拓也がテーブルに置いた牛丼を、松田がさっそく食べようとする。

「待て、俺より先に食うな」

「なんだよ、別にいいだろ」

「俺が先だ」

日比野はあらためて「いただきます」と両手を合わせ、牛丼を一口食べた。甘辛い味がちょうどいい。五臓六腑《ごぞうろっぷ》に染み渡る美味さとは、こういうことだろう。

「すっっっごく美味い。拓也は天才だな」

「大袈裟です」

拓也が照れくさそうに顔を伏せる。その様子を眺めながら二口目を食べた。美味い。

「よし、食べていいぞ、建人。ありがたくいただけ」

「はいはい、いただきますよ」

松田も食べはじめ、「美味い」と笑顔になった。拓也がホッとしたように表情を緩める。だがすぐに真顔になり、「ワインのおつまみってなにを用意すれば……？」と言い出した。

「とくに用意しなくてもいいよ。グラスがあれば。俊輔は？」

「俺はもうビールを飲んでる」

「すこしくらい飲めよ。拓也君、グラスを二つ」

気安く命じる松田にイラッとした。拓也は食堂の従業員ではない。松田なんかにかまうな、と言いたいが、おもてなしする気でいる拓也が板挟みになってしまいそうで黙るしかない。

「ワイン用のグラスって、あるんですか」

「その辺のコップでいい」

「おいおい、せっかくだからバカラのグラスを使わせろよ。キャビネットに飾っておくだけじゃもったいないだろ」

「どうしておまえにバカラを出さなきゃならないんだよ」

「バカラって、どれです？」

「あっち」

松田が指さしたキャビネットには、各種グラスだけでなく動物をモチーフにしたガラスの作品が並んでいる。ペアのワイングラスはもらいものだが、動物のオーナメントは好きで買い集めた。象やジャガー、鷲《わし》などが絶妙にデフォルメされた形で美しい。テレビの横にもジャガーの像がひとつ置いてあった。

キャビネットの扉には鍵がかけてある。盗難予防ではなく、単に地震対策だ。ここは高層階だからわりと揺れる。キャビネットの扉が勝手に開いて落ちて割れたら、こちらがケガをするだろう。

「これ、バカラっていうんですか。すごくきれいなガラスだから、飾ってあるだけだと思っていました。使うんですね」

「こいつはケチだからめったに出してくれないけどね」

ケチとまで言われては出さざるを得ない。日比野はキッチンカウンターの引き出しから鍵を取り、扉を開けてワイングラスを取り出した。それを使って、松田は機嫌よくワインを飲んだ。付き合いで味見をしたら、たしかに美味しいワインだった。

「牛丼と枝豆にワインっていうのも、いいな。拓也君も二十歳になったらいっしょに飲もう」

調子のいいことを言いつつ、松田は笑っている。たぶん大きなプロジェクトを任せられたか、無事に終わったかのどちらかなのだろう。

「建人、仕事が順調なのか」

「まあね。プレゼンが通ったんだ」

「そんなことだろうと思った」

「まあ、当然だな。今回のプレゼンには自信があったからさ」

「言うねぇ。さすが一流の建築士は言うことがちがう。一級の試験に失敗したときにヤケ酒していたヤツはどこかへ行っちまったみたいだな」

「うるさいな。あのときの俺は忘れろ」

「いつか俺の家を設計してやるって言ったことも忘れるつもりか？」

「いや、それは覚えている。なんだ、ついにマンションを出て一軒家を建てる気になったのか？　なら設計してやるぞ。どんな家がいいんだ？」

　キラリと目を光らせて振り返るから、日比野は慌てて「そうじゃない」と否定した。

「そんな、まだ家なんて……」

　日比野は無意識のうちに拓也をチラチラと見てしまう。拓也と目が合い、小首を傾げられた。

　うう、可愛い。なぜだか拓也といると一日に何度も心臓がキュッとなって、苦しくなる。

　いままで健康体だと思っていたが、もしかしてなにかの病気だろうか。璃々太のこともあるし、検査した方がいいのかもしれない。そういえば、人間ドックを受けたのはいつだったろうか――。

「あの、俺……よく知らないんですけど……松田さんはビルとか、大きなものの設計をしているんですよね？　普通の家も建てることがあるんですか？」

　キッチンカウンターから身を乗り出し、おずおずといった感じながら、拓也がわりとはっきり質問した。

「一級を取るまでは、一般の住宅をたくさん設計したよ」

「そうなんですか……」

　松田は子供に言い聞かせるような口調になり、拓也に説明した。

「あのね、俺が二十歳のころは、一級建築士の資格は、二級を取得したあと数年の実務を経験してからでないと取れなかったんだ。二級だと設計していい建築物に制限があって、一般の住宅が主になる。俺は大手の設計事務所にいるから、先輩の一級建築士のアシスタントをして巨大プロジェクトの現場に関わらせてもらって経験を積んだり、資格試験の勉強をしたりした。それと平行して一般住宅も設計した」

　拓也は真剣な顔で頷きながら聞いている。松田の半生なんて、日比野にとってはいまさらだ。なにせ付き合いは三十年近くになる。松田が苦労して資格を取り、どんなふうに仕事に向き合ってきたか、身近で見守ってきた。もちろん日比野の半生も松田は熟知している。おたがいさまの関係だ。

　けれど拓也は建築士という職業の人間に出会ったのははじめてなのだろう。十九歳の若者らしい好奇心を咎《とが》めるつもりはない。

「都市の再開発みたいなデカい案件は面白いよ。俺が街を作るんだ、という夢がある。でもそれとはべつに、一般住宅にもやりがいを感じていた。個人が家を建てるなんてこと、人生でそう何度もあるわけじゃない。一生に一度しかない人も多い。建設資金をコツコツと貯《た》めて、長年の夢をかなえる手伝いを、俺はするわけだ。何度も打ち合わせをして、工務店ともやり取りして、完成した家に満足してもらうと、俺も嬉しかった。だから以前、俊輔に『いつか家を建てたくなったら俺に依頼してくれ。破格の値段でお望みどおりのとっておき住宅を建ててやる』って約束した」

　いろいろなことを思い出している顔で、松田がワインを飲む。そんな松田を、拓也がじっと見つめた。もっとなにか聞きたそうだ。

「拓也、こっちに座ったらどうだ」

　ダイニングテーブルに促すと、拓也は自分用に緑茶を淹れ、湯飲みを片手にやってきた。テーブルは四人掛けの正方形だ。一辺に一人ずつ座る。日比野と松田は向かい合って座っていたので、必然的に拓也は松田の斜め横に腰掛けた。日比野の斜め横でもあるが。

「こんなこと、聞いていいのかわからないですけど……」

「なんでも聞いていいよ」

「依頼してくる人の希望をくみとって形にするのって、難しくないですか？」

　意外な方向からの質問だった。日比野が「おや？」と思ったのと同時に、松田もかるく驚いたような表情をする。

「もちろん難しい。でもそこはコミュニケーションだ。家族構成や職業の聞き取りからはじまって、具体的に間取りや照明の話をするのも大事だが、ちょっとした雑談の中にヒントがいくつも転がっていることもある。たとえば、どんなジャンルの音楽が好きか、いつもどんなテレビ番組を視聴しているのか、旅行に行くならどこがいいか、あるいはどこに行ったか、どんな場所が印象深かったか——。そこからクライアントが自覚していない好みを探りあてて、壁の色や壁紙のデザインの提案をすることもある」

「……コミュニケーション……俺が苦手な分野です……」

　俯く拓也に、松田が笑った。

「生まれつきコミュニケーションが得意なヤツの方が少ないと思うよ。俺だって苦手だった」

「そうなんですか？」

「いろいろと経験してみて、無理に仲良くしようとする必要はないと思った。最初のころはクライアントと親しくならなくちゃ、なんて気負ったけど、仕事を越えてベタベタした関係になってしまう恐れもあって、得策じゃないと知った。大切なのは、協力してよりよいものを作ろうとする気持ちだ。家の完成というゴールを目指して、いっしょに歩いていく感覚だね」

　なるほど、と拓也が頷く。

　傍で眺めていて、日比野は面白くない。こんな話、日比野は拓也としたことがなかった。たしかに松田は一本芯が通った男で、立派な仕事をしている。母親から継いだだけの三代目社長の日比野とはちがう、松田の方が尊敬できると拓也が思ったとしても不思議ではない。

（そんなキラキラした目で建人を見るな。拓也、俺を見ろ。俺を見ろ！）

心の中で念じても特殊能力があるわけではないので拓也には通じない。いまだけでいいから、拓也を振り向かせたい。なにか有効なネタはないか、と日比野はない知恵を絞った。

「拓也、こんどドラマの撮影現場を見学してみるか？」

口から飛び出したのは、そんな馬鹿丸出しのセリフだった。きょとんとした顔で振り向いた拓也に、日比野は焦る。

「好きな芸能人はいるか？　会わせてやるぞ」

言ったそばから、日比野は激しく後悔した。イケメン俳優を餌にして若い女を釣るテレビ関係者をさんざん馬鹿にしてきたのに、まったくおなじことをしている自分をぶん殴りたくなる。だが拓也の目の前で自分自身に暴力を振るうわけにはいかず、作り笑顔を保つしかなかった。

拓也はしばし考えたあと、丁寧に断ってきた。

「俺、ほとんどテレビドラマは見ないんで、俳優さんとか、よく知りません。撮影現場はちょっと面白そうだけど、俺なんかが入りこんではいけないところだと思います。きっと邪魔になるだけだから……ごめんなさい。本当に、すみません」

ものすごく申し訳なさそうに謝られて、日比野は粘ることなく引き下がるしかなかった。

「いや、いい。こっちこそ、なんか、ごめん」

二人してしゅんと肩を落としてしまう。日比野は松田がこちらを見て、ニヤニヤと笑っていることに気づいた。声に出してはなにも言わないが、目がすべてを物語っている。日比野の心の動きを完全に読んでいる目だ。

ムカつくが、いまここで松田につっかかるわけにはいかない。

日比野は荒ぶる感情をぐっと抑え、ビールの残りを飲み干した。温《ぬる》くなっていて不味《まず》かった。

◇

拓也は鏡で自分の顔を見るたびに、母親に似てきたという松田の言葉が気になるようになっていた。

そのせいで、日比野が顔を見つめてくると、ついそれを避けるようにしてしまう。居候の身でありながら、家主にそんな態度を取るのはいけない、すごく感じが悪いとわかっていても、母親似らしい顔を直視されるのが怖い。

嫌われたら悲しい。いやもう嫌われているかもしれないのだから、これ以上疎ましく思われたくない。日比野は我慢して拓也をマンションに置いてくれているにちがいない。

日比野は記憶にあったとおりの、とても優しい人だ。さりげない気遣いがいくつも差し出されて参ってしまいそうになる。ふとした仕草もカッコよくて、隠れて日比野をたくさん見つめている拓也だ。

じつは携帯電話で隠し撮りもしている。休みの日に窓辺の椅子でうたた寝をしているときとか、夢中になってサッカー中継を観ているときだとか、拓也はその姿をこっそりとカメラにおさめていた。

昼間、一人で部屋にこもり、その写真を眺めながら楽曲の制作をする。

日比野を思い出せば、いくらでも曲を作ることができた。好きが溢れてくる。とめどなく押し寄せてきて、溺れそうになる。苦しいけれど、それも幸せだった。

「あ、もうこんな時間」

気づくと夕方になっていた。そろそろ夕食の準備にとりかからないといけない。パソコンの電源を切り、部屋を出た。

今夜のメニューはもう決めてある。肉じゃがだ。最初のころは舌が肥えているだろうセレブの日比野になにを作ればいいか悩んだが、いまはもう平凡な家庭料理でいいとわかっている。ハンバーグにカレー、豚肉の生姜焼きに鶏《とり》のから揚げ、牛丼に親子丼。拓也がなにを作っても日比野は美味しいと食べてくれるから、ありがたい。

たまに仕事の付き合いで外食して帰ってくることもあるが、そういうときは「拓也の料理の方が美味しい」と帰宅後に愚痴を言う。たとえお世辞でも、悪い気はしなかった。

優しくて、あたたかくて、カッコいい日比野。

だから、嫌われたくない。顔を見せたくないと思う。

三百円均一の店で買ってきたエプロンをつけ、ジャガイモの皮を剝《む》きながら悲しくなった。タマネギを切っていたら本当に涙が滲んできて、鍋を火にかけ、あとは煮込むだけという段階で拓也は完全に泣いていた。

いままでどんなに辛いことがあっても、拓也は泣かなかった。父親も頑張《がんば》っているのだから、泣いてはダメだと自分に言い聞かせてきた。それなのにいま、日比野のことを考えると泣けてくる。

「ただいまー」

玄関から日比野の声がして、拓也はびっくりした。慌てて時計を見ると、まだ七時だ。いつもより帰宅時間が早い。急いで涙を拭って顔を洗いたかったが――。

「拓也、今日は土産があるぞ。なんと行列に並ばなきゃ手に入らないっていうスイーツの名店の……。どうした？」

マチの広い紙袋を掲げた日比野が、笑顔をスッと消した。泣き顔を見られた。焦って背中を向けるが、日比野は見て見ぬふりをしてくれなかった。キッチンカウンターの中に入ってきて、肩を摑まれる。

「どうしたんだ、拓也。なにかあったのか？」

「……なんでも、ないです……」

「なんでもないわけがないだろう。泣いてるじゃないか。どうした？　どこかケガをしたのか？　腹でも痛いのか？　それとも、だれかにいじめられたのか？」

「ちがう……」

「あ、もしかして料理に失敗した？　大丈夫だ、俺の胃は鋼でできてるから、すべて受け入れられる。

でもいい匂いがしてるぞ。あ、肉じゃがだ。ちゃんとできてるじゃないか」

日比野は鍋の蓋を取って、中身を覗きこんだ。

「ホントに、なんでもないんです……」

拓也はうまい言い訳が思いつかず、おろおろと視線をさまよわせることしかできない。涙はもう止まっている。

「璃々太の病気のことでも深刻に考えちゃったのか？　大丈夫だ、快復に向かっているらしいから」

日比野はよしよしと拓也の背中を撫でてくれる。その気遣いに、止まったはずの涙がまた滲んできそうだった。

「ほら、笑えよ。おまえが泣くと、俺も悲しくなるから。泣いたら可愛い顔が台無しだ」

「……可愛くなんか、ないです」

母親に似ている顔が、可愛いはずがない。

「え？　可愛いぞ？」

「可愛くないです」

「おまえは自分の顔を見慣れているから、わからなくなっているんだな。一般的に見て、おまえは猛烈に可愛いぞ。俺が言うんだからまちがいない」

「可愛くないですっ」

イラッとして大きな声を出してしまった。ハッとして手で口を覆う。驚いた顔の日比野は、困ったように眉尻を下げた。

「やっぱり、だれかになにか言われたのか？　おまえ、ひと目で外国の血が入ってるってわかる顔の作りと色だからさ。でも、俺はそれを気に入ってる。可愛いと思う。もうちょっと育てば、美人になるだろうし、まあいまでも美人だけど」

気に入ってるなんて、心にもないことを日比野は言った。

「ネガティブな発言ってのは、どうしたって気になるだろうけど、あんまり思い詰めるなよ。すくなくとも璃々太と俺と建人は、なにがあろうと拓也の味方だ。ありのままのおまえを可愛いと思っている。髪が目立つから黒く染めたいなら、このあいだ連れて行った美容院に予約を入れてやろうか。瞳はカラコンでなんとでもなる。ただし安物の粗悪なカラコンは使うなよ」

こっちこい、と引っ張られてダイニングテーブルの椅子に座らされた。

「ほら、いつも家事を頑張ってくれているから、買ってきた。甘いものでも食べて落ち着け」

紙袋から取り出した小さな白い箱から出てきたのは、鮮やかな黄色い果物のスライスがたっぷりと載ったタルトだった。カット面は白いクリームと美しい層になっている。

「国産マンゴーのタルトだ。美味しいらしいぞ」

「マンゴー……」

はじめてマンゴーの果肉の実物を見た。写真や映像では何度も目にしたことはあったが、それを食べるなんて贅沢はしたことがない。なんてきれいなんだろう。

日比野はキッチンから皿とフォークを持ってきてくれて、「どうぞ」と拓也のまえに置いてくれた。

マンゴーのタルトに見惚《みと》れてしまい、しばし泣いていた理由を忘れた。思い出したときには、日比野はキッチンで肉じゃがを小鉢によそい、炊飯器を開けている。

「あの、日比野さんのタルトは……？」

「俺はいらない。甘いものが苦手だから。こっちでいい」

箱の中はもう空だ。一ピースしか入っていなかった。

肉じゃがとご飯、そして缶ビールとグラスをテーブルに並べ、日比野はえへへと笑う。拓也のためだけにタルトを買って帰ってきてくれたらしい。じんと胸が痺《しび》れて、また泣きそうになった。こんどは悲しい涙ではない。

日比野は優しすぎる。どうして自分なんかに優しいのか。幼馴染みの息子だからという理由なら、父親に感謝したい。

「……いただきます……」

「はい、どうぞ。俺もいただきます」

向かい合って、日比野は肉じゃが、拓也はタルトを食べた。マンゴーは甘くて蕩けるように柔らかくて、とても美味しかった。こんなに美味しい果物が世の中にあったことに衝撃を受ける。夢中になって食べていたら、あっという間に皿の上は銀色のシートだけになっていた。

「あの……とても美味しかったです」

「そうか、よかった」

日比野は満足気な笑顔になって、肉じゃがをぱくぱくと食べている。

「こっちも美味いぞ。おかわりしてもいいか？」

「どうぞ。たくさん食べてください」

なんだか気が抜けて、避けていたことも忘れてしまい、ひさしぶりに日比野の顔を正面から見つめた。あまり嚙《か》まずに食べる日比野は早食いだ。けれど下品には見えない。

「あのさ、さっきのことだけど」

一通り食べ終わってから、日比野が話し出した。

「おまえ、もうちょっと自分に自信を持て。卑屈になるな。拓也はじゅうぶん可愛いんだから、外見のことは気にするな。まあ、俺がいくら気にするななんて言っても、当事者のおまえからしたら『いまさらなに言ってんだ？』くらいのものだろう。その……杏奈に子役デビューを強制された経緯とか、だいたい聞いているし、不登校になったきっかけとかも予想がつくから、部外者の俺が口出ししても響かないかもしれないが、おまえにはいいところがいっぱいある」

「でも俺は小学校すらまともに行っていなかった中卒だし、ガリでチビで……バイトも長続きしないし……」

「学歴が気になるなら、いまからでも通い直すか？　芸能界でもそういうヤツは何人もいるぞ。学費のことは心配するな。俺がいくらでも出してやる。まずは小学校高学年からの勉強をやり直す必要があるから塾に行かなくちゃならないな」

日比野はグラスに注いだビールを飲んだ。考えながらあれこれと提案してくれる。

「おまえ、たぶん地頭は悪くないぞ。家事を段取りよくこなすには、頭が必要なんだ。雑談していても記憶力がいいのはわかるし、打てば響くって感じでストレスを感じない」

日比野がそんなふうに思ってくれていたなんて、知らなかった。

「建人みたいになにか特別な資格を取りたいと考えるようになったら相談してくれ。大学を出ないと受験資格を得られないものもあるから、いっしょに考えていこう。おまえは十九だ。まだなにもはじまっちゃいないし、終わってもいない。それと――」

日比野はふと視線を逸らした。

「髪を染めたりカラコン入れたりするのは個人の自由だが……俺はできればそのままの拓也でいてほしいと思っている」

なぜだか日比野の耳が、ほんのりと赤く染まっていた。

「その髪の微妙な色が、なんて言うか、神秘的で、おまえの雰囲気によく似合っているし、瞳は引きこまれそうというか、えーと……、俺は、とても……好きだ」

ぽつりと呟かれた最後のフレーズに、拓也は息を飲んだ。好き？　好きと言ってくれた？　この髪と瞳を？　本当に？　願望が引き起こした幻聴ではなくて？

「……俺……母さんに似てるのに……？」

言うつもりのなかった言葉が、ぽろりと口からこぼれた。はじかれたように日比野が顔を上げて拓也を見てくる。

「杏奈に似ているって？　おまえが？　たしかにあいつと色は似ているかもしれないが、顔の作りは拓也の方が繊細で小作りだし、そもそも性格が正反対じゃないか。トータルで評価すると、まったく似ていない！」

力強く断言してくれた日比野は、ぐっと身を乗り出してきた。

「杏奈に似ているって、だれかに言われたのか？　璃々太か？」

「……松田さんに……」

日比野はチッと舌打ちして、「あの野郎……」と低く呻《うめ》いた。

「それで拓也は、嫌だったんだな？　杏奈に似ていない方がよかったと思ったのか」

「……俺は、正直に言うと、母さんのことはほとんど覚えていなくて。写真も残っていないから、もう顔も忘れた……かもしれない。街中でばったり会ってもわからないんじゃないかっていうレベルで。だから松田さんに言われるまで、この髪の色とか瞳が母さんの血筋だってこと忘れてました。学校に通っていたころは、いろいろと言うヤツがいて鬱陶《うっとう》しいと思っていたけど、そのくらいで、いじめられていたわけじゃないし……」

なにをどう説明したかったのかわからなくなってきた。

「えーと、だから……日比野さんが、俺は母さんに似ていないって、本当に思ってくれているなら、それでいいです……」

日比野は眉間に皺を寄せ、首を傾げた。

「どういう意味だ？」

「だから、日比野さんは俺の母さんを嫌っていたって、松田さんに聞いて。俺……この顔のせいで日比野さんに嫌われたくないって、思って」

こんなことまで言うつもりはなかったのに、話の主旨がぼやけてきて、言わざるを得なくなってしまった。

（日比野さんに嫌われたくない……なんて、おかしいよな？　本人に言うもんじゃないよな？）

拓也はテーブルに突っ伏すほどに顔を伏せた。恥ずかしくて、まともに日比野を見られない。気色悪いと思われたら、絶望のあまりこの場で死ねる。

「俺に嫌われたくないって、思ったのか。拓也」

確認しないでほしい。

「さっきも言ったが、俺はおまえの髪の色も瞳も好きだ。たしかに杏奈のことは好きじゃなかった。おまえの母親なのに、ごめんな。でも俺にとっては、大切な幼馴染みを傷つけて捨てた女だった。おまえは杏奈の血を引いてはいるが、璃々太が育てた。あいつの底なしの愛情をシャワーみたいにばしゃばしゃ浴びて、いい子に育ったよ。だから、多少杏奈に似たところがあったとしても、それだけで俺がおまえを嫌うなんてあり得ない」

日比野がどんな表情で話しているのか、ちらりとでも見たくなった。拓也はそろりと顔を上げ、様子を窺う。日比野は笑っていた。優しい目で、拓也を見つめている。バチッと視線が合ってしまい、慌てて逸らした。じわじわと顔が熱くなってくる。頬や額が赤くなりそうで困った。

「可愛いな、おまえはマジで」

「……可愛くないです……」

「まだ言うか」

口をへの字に歪《ゆが》め、日比野が拗ねたような顔になる。

「よし、これから一日に一回はかならず可愛いと言うことにした」

「なんでですか」

「慣れろ。おまえが可愛いのは事実だ。だから言われても『そうですね』と認められるようになるまで、俺は言い続ける」

「……日比野さん、自分がかなり変なことを言っている自覚、あります？」

「自覚？　そんなものはない」

ふん、と日比野は鼻息も荒く「とにかく、おまえは可愛いんだ」と人差し指をつきつけてくる。缶ビール一本で酔ったのだろうか。日比野はあまりアルコールに弱くないはずだが。

「真実だからいいんだ。俺は嘘を言っていない」

なぜか威張るように顎を上げる日比野に、拓也も苦笑するしかない。

この人のことが好きだな、としみじみと思った。

◇

日比野は仕事の用事で外出したついでに、璃々太が入院している病院にタクシーで立ち寄った。

病室に璃々太の姿はなく、通りすがりの看護師に所在を尋ねたところ、中庭ではないかと教えてもらう。入院患者が外の空気を吸うための中庭には、新緑も鮮やかな樹木が植えられていて、ほどよい日陰を作っていた。ちらほらと入院患者の姿が見えている。

いくつか置かれたベンチのひとつに、璃々太が座っていた。そよ風を浴びて気持ちよさそうに目を閉じている。

「よう、璃々太」

声をかけると璃々太が目を開けてこちらを見た。あまり頻繁には見舞いに来られていないが、会うたびに璃々太の顔色はよくなっているように思う。

「俊輔、なんだよ、またサボりか？」

「見舞いに来てやったのに、なんだよその言い方は」

苦笑しながら璃々太の横に座る。

「ここ、いい場所だな」

「気持ちいいだろ。今年の梅雨はぜんぜん雨が降らないな」

「天気予報なんてチェックしていないが、空《から》梅雨なのか？」

「降りすぎても困るが、降らなすぎても困るよな」

どうでもいい中身のない会話が弾む。

「拓也は元気か？」

「元気だよ。毎日ここに来ているだろ」

「来てくれているが、おまえんちではどうなのかなと思って」

「どうって……よくやってくれているよ。掃除以外のことはほとんどしてくれている。あいつの料理、美味いな」

「料理はいつの間にか覚えたんだ。オレが教えたわけじゃない」

「そうだろうな」

拓也の料理の数々を思い出し、日比野は（今夜はなにかな）なんて浮かれたことを考える。

「どうやったらあんないい子に育つんだ。なにごともいい加減な璃々太の息子とは思えない。真面目だし俺の言いつけはきちんと守るし」

「言いつけ？」

「見舞いと買い物以外は外に出ないようにして部屋でおとなしくしていろ、と初日に言ったんだ」

「そんなこと言ったのか」

璃々太が渋い顔になる。

「おまえが心配しているようなことを防ぐためだ。拓也には内緒でリビングにモニターをつけた。動くものがうつると俺の携帯電話に知らせが来る。モニターの映像と共に」

「そんなものがあるのか」

「もともとは留守番中のペットを監視するためのものだ」

「俺の息子をペット扱いかよ」

璃々太が拗ねたように唇を尖らせる。子供みたいだ。

「あと、拓也の携帯電話にこっそりＧＰＳで現在地を確認できるアプリを入れた。拓也は見舞いと買い物以外に外出していない」

「そうか……」

璃々太はホッとしたように胸を撫で下ろす。本気で拓也を疑っていたのだろう。日比野は拓也と時間を共有し、彼の人となりをかなり把握したつもりだ。はたして拓也は金のために身を売るような真似をするだろうか。

しないような気がする。

しかしそうすると、拓也が持っている現金の出所がわからない。本当に杏奈からの援助ならば話は早いのだが——。

「拓也の銀行口座の通帳を見ることができれば、どこから金が振りこまれたのかわかるんだがな……

さすがに家捜しはしたくない」

「悪いな、俊輔。変なことを頼んじまって」

「いや、俺も気になっているから、それはいいんだ……」

しばらく雑談をしてから、病室に戻るという璃々太と別れて、日比野は病院を出た。タクシーを拾い、会社に戻る。

璃々太はおとなしく療養しているようで、よかった。拓也の心配が減る。

残る問題は、拓也が持っている金の出所だ。

拓也のノートパソコンをちらりと見たが、ほぼ新品だった。インターネットで検索してみたら、そのシリーズのパソコンは高性能で、当然のごとく高価。最低スペックでも二十万円はするらしい。

最新機種の発売日は、二人が住む家を失い、車での生活になったあとだ。金なんかないはずなのに、いったいどうやって手に入れたのか——。

拓也が日比野の家に来て、もうすぐ二週間になる。いまのところ貯《たくわ》えた金がまだあるからなにもしていないだけなのかもしれない。日比野の家にいるかぎり生活費も必要ないから。動き出すとしたら、これからか。

拓也がもし最悪の方法で金を稼いでいたとしたら。

想像だけで日比野は腹の中がドス黒いなにかで埋まりそうになる。目の奥がぐっと熱くなり、脳の血管がブチブチと切れそうなほどの怒りでいっぱいになるのだ。

拓也に触れたことがある人間がいるなら、そいつらを全員半殺しにしてもいいと思う。

許せない。拓也の体に触れるなんて。しかも金銭と引き換えに。

（俺もまだ一度も触っていないのに！）

心の叫びに、日比野はギクッとした。いま自分はなんと言った？　まだ触っていない？　まだ？

（ちょっと待て、俺よ。いつか触るつもりなのか、拓也のどこに触るつもりだ？）

骨から細そうな手か、Ｔシャツの首元から覗く鎖骨か、白いうなじか。

そこに触れる想像をしただけで、ごくりと生唾を飲んでしまった。

（マジか……）

伏せたまつげの長さに釘付けになったことがある。薄い唇がものを食べる様子が淫らだと思ったこともある。服に隠された中身を暴いて、思うぞんぶん撫で回すことができたら――。

「痛《い》てて……」

股間に痛みを感じて前屈《かが》みになった。タクシーの運転手が「どうかしました？」と聞いてくる。

「な、なななんでもありません」

慌てて答えながら、そっと片手で股間を押さえた。このところただの排泄《はいせつ》器官と化していた男性器が、なにやら急に元気になった。こんなところでなぜ自己主張をはじめるのか。

拓也の裸を想像したからだ。

男女共にモテまくって遊びまくったあげくに飽きて、二十代後半でＥＤ《イー・ディー》気味になり、三年前に社長に就任してからは忙しさにかまけてセックスなんて忘れてしまい、まったくその気がなくなっていた、この自分が。

友人の息子の裸をちょっと想像しただけで、真っ昼間のタクシーの車内で完勃《だ》ちとか、あり得ない。

変態か。

変態になってしまったのか。

（だって、拓也に欲情するとか、そんなこと、あっていいわけないだろ。そりゃ俺は男女関係なく抱けるさ。フィーリングさえ合えば、だれでもＯＫだった。でも相手はいつも慣れた遊び人で、セックスなんてスポーツ感覚で、マジの色恋なんてなかった。あれは、たんなる気持ちのいい、体だけの遊びだったんだ……）

だから罪悪感も背徳感もなくて気安い、割り切った関係だった。ほとんどが日比野と年齢が近い大人だったし。

（拓也はそういうのとはちがうだろ。あいつは璃々太の息子だぞ。十六歳も年下で、小学生のときから知っている親戚の子のようなものだ。いくらメタモルフォーゼして美形になったからって、そんなの、そんなの……ヤバいだろ……）

けれど否定すればするほど、自分の中で拓也の存在感が増していくような気がする。

（俺は、拓也とヤリたいのか？）

ただセックスしたいだけなら、外で発散すればいい話だ。ひさしぶりに夜遊びをするか。男を相手にしたいなら、新宿《しんじゅく》まで出かければいい。すこしウロつけば、きっとだれかが声をかけてくる。

（いや……だれでもいいわけじゃないようだ……）

見知らぬだれかとのセックスを思い描いてみたら、日比野の股間は鎮まってしまった。なんて正直すぎる体だろうか。

（つまり、惚れてしまった、ということだろうか……）

認めたくない。

（嘘だろ。だれか嘘だと言ってくれ！）

こんなこと、信頼して預けてくれた璃々太への裏切りだ。それに、十九歳の少年によこしまな想いを抱くなんて、保護者として不適格すぎる。

（救いようのない馬鹿かも）

あまりの衝撃に、日比野は虚無と化した。

タクシーを自社ビルの前で下り社長室にたどり着いても、日比野はまだ虚無のままだった。社長室の椅子に座って両手で頭を抱えていたら、夏目がやってきた。

「あら、頭痛ですか？　よく効く薬がありますよ」

「……いらない。頭痛じゃない」

ため息をつきながら顔を上げる。

「なにかありました？　璃々太さんの病院に寄ってきたんですよね？」

「ああ、そっちは問題ない。順調に快復しているそうだ」

「それはよかったです。ではなにかほかに？　うちのタレントがまた社長にプライベートな悩みごとの相談でもしましたか」

苦笑いしながら尋ねられ、日比野は「ここのところはない」と答える。

「ではいったい……。まさか社長自身の悩みごとですか？」

「どうしてそこで、まさか、と付くんだ。俺にだって悩みごとくらいあるぞ」

「そうだったんですか？　いつも脳天気な顔をしているから、人並みの悩みなんてないと思っていました」

「おい、ひどい言い様だな」

「すみません、正直なので」

夏目はふふふと上品に笑う。

「まあでも仕事上のことなら、隠さずに私に話してくださいね」

「……プライベートだ」

「あら、社長の現在のプライベートといえば、璃々太さんの息子さんの拓也君のことですか？」

言い当てられてグッと喉が詰まった。ゴホゴホと変な咳《せき》が出る。

「そういえば、なにかプレゼントをあげたいって言っていましたけど、結局なにを贈ったんですか」

「……まだだ……」

「あらあらあら、なにも思いつかなくて先送りしたんですね」

「そんな言い方はないだろ」

「でも図星でしょう」

ふふん、と鼻で笑われて、日比野はなにも言えない。

「拓也君が可愛すぎて困る、みたいなことを言っていましたが、もしかしてそれが悩みに進展しましたか」

「……俺はそんなことを言ったか？」

「ええ、言いました。拓也君が可愛すぎて、熱いものがぐわーっとこみあげてくるとかなんとか、私に熱弁を振るっていたじゃないですか」

馬鹿だな。変態で馬鹿なんて、救いようがない。

日比野は遠い目になった。

「……拓也は日ごとに可愛さを増していくんだ……。最初は遠慮がちだったのに、すこしずつ懐いてくれている感じがして、笑顔も増えてきたように思うし、恥ずかしそうにもじもじしているところなんか、もう、もう……」

「レイプはやめてくださいね。悪魔の所業です」

「わーっ、わーっ、そんな残酷な単語を口から出すな！　びっくりするだろ、俺のチキンハートが爆発する！」

はじかれたように立ち上がって抗議した日比野に、夏目が呆れた顔をした。

「拓也君に劣情を覚えているんですね。ヤリチン復活ですか？　ＥＤだったんじゃないんですか？」

「ＥＤって……なぜそれを。いや、俺はＥＤじゃないから。セックスに飽きて色事から遠ざかっていただけだからっ」

青くなったり赤くなったりしながら抗弁したが、夏目には微塵《みじん》も響かなかったようだ。

「ヤリチンだったことは自覚があるんですね。ＥＤについては確証があったわけではありません。悪い遊びに飽きただけにしては枯れた雰囲気を醸し出しているなと思っただけです。私にとってはどうでもいいことですね。それで、拓也君のことです」

さらにキリリと表情を引き締めて、夏目がド正面から目を合わせてきた。

「拓也君は十九歳らしいので、もしもそういう関係になったとしても都の条例には引っかかりません。でも、合意のない性行為は犯罪です。相手は一回り以上も年下で、経済的にも心情的にも社長に依存している状態ですから、無理に迫られたら断れないかもしれません。対等な立場ではないことを忘れてはいけませんよ」

人差し指をつきつけられて、日比野は顔をしかめる。そんなことは言われなくともわかっている。

「だから悩んでんだよ」

「社長に常識が備わっていたことに安堵します。ですが、くれぐれも欲望が暴走しないよう、日頃から適度に発散してくださいね」

「夜遊びはしたくない」

「あたりまえです。手当たりしだいに遊びまくって余計な病気を拾ってこられても困りますからね。いままでそうした病気と無縁だったのは、たんに幸運だっただけですから。今後は右手でシコシコ発散してください」

「おまえがシコシコとか言うな」

「あら、失礼」

フッと笑って、夏目は一枚の紙を差し出してきた。

「なんだこれは」

「ＤＴＭの『糸』に勧誘のメールを送ったところ、返信が届きました。それをプリントアウトしたものです。丁寧なお断りの内容でした」

それは稚拙な文章だった。やはり『糸』は若いのだろう。けれど誠意は伝わってくる。申し訳ないがどこの事務所にも所属する気はない、と綴《つづ》られている。

「ずっと一人で自由にやってきたんだ。どこかに所属して楽曲の制作に口を出されるのを恐れているんだろうな」

「あれこれと口出しをするつもりはないんですけどね」

「俺としては、そっとしておいてやりたい」

返信の文章を読むかぎり、やはり制作した楽曲どおりの純粋な人のように思える。

「……数カ月、半年とか、間を空けてまた連絡してみます。時間と共にマネジメントの必要性に気づくかもしれません」

「そうだな」

　タチの悪いところに捕まるのだけは防いでやりたいと思う。あの一途《いちず》な詩を書く人物が、悪意に晒されるのはかわいそうだ。いまは完全にフリーでやっていくつもりでも、そのうち考えが変わるかもしれない。そのとき日比野の会社がタイミングよく手を差し伸べることができたら。

　あくまでも理想だが。

「この件は夏目に任せる」

「ありがとうございます」

「『糸』とは関係なく、音楽部門は今後考えていくことにする。企画部は動きはじめたんだろう？　企画書を提出するように」

「わかりました」

　夏目はヤル気に満ちた笑顔で社長室を出て行く。ふと途中で足を止め、振り向いた。

「『糸』の最新作、聴きましたか。昨夜、アップされていた曲です」

「昨夜？　まだ聴いていないな」

「ぜひ聴いてください。可愛いんですよ。ちょっとだけ切なくて」

　いったいどんな曲だ。社長室に一人になってから、日比野はパソコンを立ち上げて『糸』の最新曲を検索した。タイトルは『マンゴーのタルト』

「ん？　奇遇だな。ついこのあいだ、拓也に土産として買ったばかりだ」

　拓也ははじめてマンゴーを食べたようだった。言葉があまり多くない拓也だが、表情からじゅうぶんに感情は読み取れる。マンゴーのタルトをいたく気に入ったらしく、一口食べては目を閉じてゆっくりと味わっていた。

　テーブルの向かい側で肉じゃがを食べながら、日比野は拓也の幸せそうな顔をずっと見つめていた。可愛かった。また近いうちに買って帰ろうと決めたのは、言うまでもない。

　時期的にマンゴーの季節だから、洋菓子店へ行けばマンゴーのスイーツはいくつも並んでいるし、ファミリーレストランではマンゴーパフェのフェアをやっている。『糸』も旬のものを題材にしたのだろう。

　あいかわらず『糸』の曲は幸せいっぱいで、彼氏が仕事の帰りにマンゴーのタルトを買ってきてくれたと歌っている。幸せの黄色いタルトを食べながら、このまま永遠に幸せが続いてほしいけれど——と切ない雰囲気で終わっていた。

「これは、幸せすぎて怖い、というやつだろうか……」

　なんとなく『糸』の気持ちに共感を覚える。日比野も拓也との生活が幸せすぎて、璃々太の退院までの期間限定なんて取り消したいと思っているからだ。いまの生活をずっと続けていきたい。拓也と二人で仲良く暮らしていきたい。

でも理由がない。璃々太が退院したら二人はいっしょに暮らすだろう。親子だから当然だ。璃々太はもう十九歳なのだから自立してもいい年齢だが、それはとうぜん一人暮らしを意味するだろう。決して日比野の部屋に住み続けることではない。

それに日比野の下半身事情もある。拓也をそばに置き続けていたら、いつか押し倒してしまいそうで怖かった。いっそのことＥＤ気味のままでよかったのに、なぜ復活したのか。

「魅力的な拓也のせいなんだよなぁ……って、節操のない俺の下半身のせいだっつーの」

日比野はふたたび両手で頭を抱えた。

◇

拓也は自室にこもって制作に集中していた。

日比野から昼過ぎに『今夜は接待で遅くなるから晩メシはいらない。たぶん帰りは遅くなるから待たなくていい』というメールが届いたので、自分の夕食は残り物の野菜を刻んでチャーハンを作って食べた。

（接待って、高級なお店でご飯食べたり飲んだりしているのかな……）

ぜんぜん想像できない。

メールの最後には『今朝可愛いって言いそびれたからいま言っておく。拓也、可愛いぞ』と書かれていた。一日一回は可愛いと言う、なんて決めた日比野は、あれからそれを実行していた。たしかに言われ慣れてきて、いちいち否定したり照れたりしなくなっている。

今朝なんて、洗面所で鏡にうつる自分を見ながら、「本当に俺って可愛いのかな」なんて思ってしまった。日比野の思う壺《つぼ》だ。チョロすぎて恥ずかしい。

そんな気持ちを歌にしているところだ。

詩とメロディがどんどん湧いてくるから、形にするのに忙しい。楽しくてたまらなかった。

ピンポーンとインターホンが鳴った。反射的に時計を見ると、午後八時。いつもなら日比野が帰宅する時間だが、今夜は遅くなるはずだ。だれだろう、とパソコンをそのままに部屋を出て、リビングの壁のモニターを見た。松田だった。

『拓也君、松田ですー。開けてくれる？』

「あ、はい」

言われるがままにエントランスのロックを解除し、来客が知己の松田だとしても家主の許可もなく入れてよかったのだろうかと疑問に思った。

どうしよう、とおろおろしているあいだに松田は玄関まで来たようで、またピンポーンと鳴る。慌てて駆けていき、ためらいながらも玄関を開けた。

「こんばんは」

「あの、日比野さんはまだ帰ってきていなくて……」

「知ってる。これ、渡したくて、まずあいつに連絡取ったから」

　松田は小型のクーラーボックスを肩から提げていた。靴を脱ぐと、松田はスタスタと奥へ入っていく。ダイニングテーブルにクーラーボックスを置いた。

「俺の顧客に釣りが趣味の人がいて、魚をもらっちゃったんだよ。でも俺、一人暮らしだろ。こんなに食べられないから、俊輔の家の冷凍庫に保存してもらって、日をあらためてみんなで食べようかって提案したんだ。聞いてない？」

「なにも……」

「俊輔からメールかなにか来なかった？」

　そういえば制作に没頭していて携帯電話を放置していた。拓也は自分の部屋に戻り、携帯電話を見た。日比野からメールが届いている。松田が魚を届けに行くから受け取っておいてくれ、とはっきり書かれていた。

「拓也君、下処理だけさせてもらうよー」

　キッチンの方から声がして、急いで部屋を出る。松田はシンクに出したボウルに、クーラーボックスから小魚を出していた。

「これ、なんですか？」

「キスだよ。下処理して、冷凍しておこう。天ぷらにすると美味しいんだ」

「たくさんありますね」

「こんど天ぷらパーティでもしよう」

　楽しそうだ。松田が手早く処理していくのを、拓也は見学させてもらった。さすがに魚の捌《さば》き方まではまだ勉強していない。三十分ほどかけて、松田はすべての作業を終わらせた。拓也は落とした頭や内臓をゴミ袋にまとめ、冷凍専用の袋にキスの身を並べて冷凍庫に入れた。

「お茶でも淹れますね」

「ありがとう」

　ふう、とひとつ息をついて松田がリビングのソファに座る。拓也は湯を沸かし、茶葉を出したところで「コーヒーの方がよかったかな」と手を止めた。

「松田さん、緑茶とコーヒー、どっちがいいですか？」

　リビングに声をかけたが返事がない。振り向くと、ソファに松田の姿はなかった。トイレかな、と気にせずにコーヒーの粉も棚から出す。しばらく待っても戻ってこないので、拓也はキッチンを出た。

「松田さん？」

　リビングからトイレを窺い、自分の部屋のドアが開いていることに気づいた。まさか、と思いながら部屋の中を見ると、開いたままのパソコンのまえに松田がいた。制作途中で松田が来たので、うっかり電源を落としていなかった。

『糸』の曲が静かに流れている。松田は勝手にパソコンの中に保存されていた曲を流していた。

　サーッと血の気が引いていく。

「……ま、松田、さん……？」

「ああ、ごめん、拓也君」

松田は振り返ると、なんの悪気もない笑顔を浮かべていた。

「いいパソコン使ってるね。ゲームでもしているのかなーと思って、ちょっと触ってみたらさ、拓也君、DTMをやっていたんだ。しかも、『糸』って君だったんだな」

一瞬、心臓が止まったかと思った。それほどの衝撃だった。立ち尽くして声も出ない拓也に、松田が感心したような口調で続ける。

「すごいな、君は。ぜんぜん知らなかったよ。そうか、『糸』って、名字の伊藤から取った？　へぇ、ヒットメーカーじゃないか。何度も『糸』の曲は聴いたけど、てっきり女の子が作っているものだと思っていたよ。君だったんだ。これって、制作途中の曲？」

知られてしまった。他人に知られたのははじめてで、拓也はなにをどう言っていいかわからない。

「再生回数、すごく伸びてるよね。テレビとかレコード会社からいろいろな連絡が来るんじゃないの。ああ、もしかして俊輔の事務所に入るのかな？　俊輔のヤツ、拓也君のことなのに、こんな大切なことを俺に内緒にしやがって」

日比野の名前が出て、拓也は息を飲んだ。そうだ、バレて最初にしなければならないことがあった。

「松田さん、日比野さんには言わないでください」

「え、なにが？」

きょとんとした顔で松田が振り向く。

「俺が、『糸』だってこと、日比野さんには言わないでくださいっ」

「……それって、俊輔は知らないってこと？」

「知りません」

拓也は深々と頭を下げた。

「お願いです、日比野さんには言わないでください。あの人にだけは、知られたくないんです」

「どうして？　べつに隠しておかなくても――」

松田がふと黙った。嫌な沈黙が続き、拓也は顔を伏せたまま動けない。松田がなにを考えているのか、表情の変化を見るのが怖かった。

「『糸』の曲って、片想いの歌ばかりだったな、たしか」

ひとりごとのような呟きが落ちてきて、拓也は両手をぎゅっと握りしめた。

「俊輔にだけは知られたくないって……拓也君、俊輔のことが好きなのか？」

「ちがいます」

否定が早すぎたか。

「ちがいます。そんなこと、あるわけがない……」

語尾が震えてしまった。拓也は顔を上げられないまま、床に座りこんだ。松田のため息が聞こえる。

「あのさ、拓也君が俊輔を好きでも、俺はべつに口出しするつもりはないから、そんなに萎縮しない

でよ。勝手にパソコンをいじっちゃって、ごめんな。つい拓也君を子供扱いして、検閲みたいな気持ちになってた。悪かったよ、本当に」

松田がそっと近づいてきて、拓也の手を取った。ぐいっと引っ張って立ち上がらせてくれる。

「わかった。拓也君が『糸』だってことは、だれにも言わない。約束する」

「本当ですか」

「本当だ。これでも俺は口が堅いんだぞ」

ひとまずホッとしたら、涙が滲んできた。松田が黙って背中をポンポンと叩いてくる。

「まあ、君が『糸』だってことを明かさなくとも、ＤＴＭをやっているってことくらいは俊輔に打ち明けてもいいと思うけど」

「ダメです。絶対にどんな曲を作っているのか聞かれて、聴かせろって迫られます」

「そっか、そうだな。それで未発表の曲を聴かせたとしても、だれを想って詩を書いたんだなんて取り調べを受けることになりそうだな。内緒にしておいた方がよさそうだ」

松田がそう言ってくれたので、あらためてホッとした。

「そうか、『糸』としての収入があるから、このノートパソコンを買えたんだな？」

「そうです」

「なんだ、どこで稼いだのかとか、だれに買ってもらったんだって、ちょっと悩んじゃったよ」

松田が安堵したような顔をするから、拓也は内心「気づく人は気づくんだ」と焦りながら苦笑いしてみせた。

父親がそういうことに疎くて、まったく気づいていなかったため、油断していた。

もしかして日比野も拓也のパソコンが高スペックのものだとわかっていたのだろうか。松田のように、どこから購入資金が出ていたのかと疑問を抱いていたとしたら。そしてそれを本人に聞けなくて黙っていたとしたら。

可能性は高いが、だからといって拓也の方から資金をどう得ていたかなんて言えない。ちらりとでも話題にしようものなら、やぶ蛇になりかねなかった。

幸いなことに、日比野は松田のように持ち主の許可なくパソコンを触ったりはしない。客間を拓也の部屋と決めてから、一度も中に入ることはなく、用事があるとドアのところから呼ぶだけだ。

（黙っているしかない……よな）

あえてなにも言わずにいることが日比野に嘘をついていることにならないか、拓也は判断がつかなかった。

◇

会社に音楽部門を新設するにあたって、日比野と夏目は揃って老舗のレコード会社に出向いた。

いまどきＣＤを販売しなくとも配信のみで楽曲を提供することはできるが、昔からの付き合いというものがある。とりあえず礼を尽くそうと、日比野と夏目は各社を回った。

今日は梅雨らしく朝からしとしとと雨が降っている。湿度が高く、冷房が効いたタクシーの窓ガラスは結露で曇っていた。

「いよいよ日比野プロもですか、とか嫌みっぽく言われたな」

「仕方がありません。三代目に代替わりしてから移籍トラブルはありませんでしたが、過去に音楽活動を理由に事務所を移ったタレントは何人かいました。でも我が社は音楽部門には手を出しませんでしたからね」

「まえから聞いてみようかと思っていたんだが、それってさ、なにか方針でもあったのか？」

フロントウィンドウで規則正しく動いているワイパーを眺めながら、日比野は夏目に尋ねた。

「初代のときは、ギャンブル性が高いことを理由に二の足を踏んだと聞いています。先代のときは……まあ、配偶者とのアレコレがあって、あえて踏みこまなかったんじゃないですか？」

日比野の父親は元ミュージシャンだ。ギタリストとしてそこそこ名前が知られていたらしいが、母親が日比野プロを継いだころから働かなくなり、離婚した。母親が芸能プロダクションの社長になったとき、父親はもしかしたら自分も所属させてもらい大きな顔ができると期待していたのかもしれない。けれど母親は、公私混同はしなかった。

いま父親がどこでなにをしているのか、日比野は知らない。もう三十年近くも会っていなかった。

そうこうしているうちにタクシーが会社に着く。二人が本社ビルに入っていくと、奥から男性の中堅社員が片手に携帯電話を持ち、焦ったようすで出てきた。日比野と夏目を見て、安堵したような微妙な笑みを浮かべる。

「よかった、予定どおりに戻ってきてくれて。いつごろ帰社できるのか、いま電話をしようかと思っていたところです」

「なにか急用か？」

「来客です」

「アポなんか入っていなかっただろ」

今日は社長と副社長が二人で外回りに行くことは、何日もまえから決まっていた。

「アポなしですけど、エントランスに座りこまれても困るので、中に通しました」

座りこむなんて不穏な予想ができてしまうような来客とは、いったいだれだ。中に通したのなら知り合いなのだろうが。

「どこのだれ？」

「先代社長です」

えっ、と声もなく驚愕し、夏目と顔を見合わせる。慌てて「どこに通した？」と社員に聞いた。社長室だとの答えに、ダッシュして向かう。

日比野と夏目が社長室に駆けこんだとき、先代社長——日比野の母親の多恵は、悠然と社長の椅子に座っていた。三年前によく目にした高級ブランドの白いジャケットとタイトスカート、インナーは鮮やかな青色、そして白いパンプスを履いている。多恵の夏の定番スタイルだ。

　しかし三年という月日は残酷だった。時代の先を読んで芸能の仕事に没頭していた多恵は、都会の喧噪《けんそう》から離れ、三年間も田舎暮らしをしていたのだ。高級エステもスポーツジムもない土地での静かな隠居暮らしは、多恵からいろいろなものを奪っていた。

　すこし太った体に服は合っておらず、メイクは時代遅れだった。髪だけはきっちりセットされている。ここに来るまえに美容院に寄ってきたのかもしれない。黒々とした肩までの髪は緩くカールして艶やかだったが、無理な若作りをした初老の女にしか見えなかった。

「母さん、なんでこんなところにいるんだ？」

「あら、お帰り、俊輔」

　にっこりと笑った多恵は、夏目にも「おかえり。お疲れさま」と柔らかな声をかける。

「質問に答えてくれ。どうして急に出てきたんだ。用事があったなら先に電話するなりなんなりしてくれないと」

　日比野の文句を多恵は右から左に聞き流している。笑顔で社長室を見回し、窓からの眺めに「懐かしいわ。なにも変わってないわね」とご機嫌な調子で呟いている。

「多恵さん、とりあえずそこから退《ど》いてもらえますか。それは社長の椅子です」

　夏目が固い声音でそう言うと、多恵が不愉快そうに目を眇めた。

「ここは以前、私の椅子だったのよ」

「三年前まではたしかにそうでした。けれどいまはちがいます。立ってください」

「座り心地がいいのよ。少しくらいいいでしょ。うるさいわね」

「多恵さんっ」

夏目が激高しそうだったので、日比野が「落ち着いて」と小声で制した。

「母さん、なにか俺に用だった？」

「……近くまで来たから、ちょっと寄っただけよ。とくに用事なんてないわ」

「夕飯ぐらいなら付き合える。買い物でもして、時間潰してきてくれるか？　まだ仕事が——」

「なによ、その態度。偉そうに。私の後を継いだだけのくせして」

眉を吊《つ》り上げて、多恵が日比野を睨んでくる。敵意のある目つきに、日比野は戸惑った。

この三年間、じつは一度も母親には会っていなかった。もともと母子関係は希薄だったうえに、無理やり引退させて社長の座に就いたという引け目があったからだ。金の横領は刑事事件にもなりかねない出来事だったから、あれでよかったのだと理屈ではわかっていても、情の面ではどうしても母親に申し訳ないと思ってしまう。それほど日比野プロは、多恵が懸命に働いて、守って育ててきた会社だった。

「私ね、あたらしい事務所を立ち上げることにしたの」

朗らかに多恵が宣言した。驚愕の言葉に、日比野と夏目は呆然とする。

「所属タレントはもう何人か候補がいるわ。私だってまだまだ働けるのよ。昔ながらの繋がりだって絶たれちゃいない。仲良くしていた人たちが、テレビ業界にも出版業界にもたくさんいるんだから」

「ちょっ、母さん、なに言ってんだ？」

「あんな山の中でいつまでもくすぶっていられるもんですか。もう一度、ドカンと花火を上げるのよ。見てらっしゃい。あんたたちなんか、そのうち蹴散らしてやるから」

多恵は立ち上がると、鼻息も荒く足音をたてて社長室を出て行った。

あっけにとられた日比野と夏目は、どちらからともなく目を合わせ、がっくりと肩を落とす。ため息をつきながらソファに座った。

「マジか……」

「どこまで本気なんでしょうね……」

社長を解任するとき、二度と会社には関わらないこと、業界関係者にもコンタクトを取らないこと、ほかにもいくつか約束させたはずだ。完全な隠居生活を送ることと引き換えに、罪に問わないことをこちら側も約束した。

今日の多恵の発言は、それらをすべて破棄したことを意味している。かといって、いまさら多恵を告発するつもりはない。せっかく三代目社長・日比野の新体制が軌道に乗り、所属タレントも問題を起こすことなく順調に仕事を受けているというのに、三年も前のことで波風を立てたくなかった。

「とりあえず、多恵さんについてちょっと調べてみます。いきなり起業すると言い出すなんて、絶対になにかきっかけがあったはずですから」

　夏目は携帯電話を操作して、だれかに連絡を取りはじめた。

「それと、全社員と所属タレントに注意喚起しましょう。多恵さんが本当に起業するつもりなら人手が必要です。社員やタレントの引き抜き工作に出るかもしれません。相談を持ちかけられたり移籍を勧められたりしても、話を聞かないように、すぐに私か社長に報告するように言いましょう」

　その後、一時間くらいで夏目は情報収集した結果を報告してきた。あいかわらず鬼のように仕事が早い。

「わかりましたよ、社長。多恵さんはお金に困っているようです」

「なんでだ？　まとまった金は渡したのに。まさか、またホストか」

「いえ、投資に失敗したみたいです。近所の人に愚痴をこぼしていたそうです。起業する話が本気かどうかはわかりませんね。そう言えば息子が困って、もう一度生活費をもらえると思ったのかもしれませんし」

「ああもう、面倒だな」

　日比野は両手で髪をかき回した。めちゃくちゃトラブルの予感がする。二度と会社には来るなと、あれほど言い聞かせたのに、あっさり姿を現した。その厚顔さにゾッとする。なりふりかまわない母親の態度に、頭痛がしてきた。

「……とりあえず、社員と所属タレントには全員、情報を回してくれ。俺はプライベートの友人知人に連絡を取る。母さんが融資話を持ちかけるかもしれないし、たんに金の無心をするかもしれないし。

とにかく話は聞かなくていいって言ってまわらないと」

ため息がこぼれる。

「さっき顧問弁護士の先生と連絡が取れました。三年前、多恵さんは誓約書に署名しています。法的拘束力はありませんが、弁護士の立ち会いのもとで約束しましたからね。弁護士先生が多恵さんと直接会って話してくれることになりました」

「先生には面倒をかけるな……」

顧問弁護士は多恵が社長だったときからの契約だ。当然、多恵とは知己となる。弁護士にとってもストレスになる案件だろう。申し訳ない。

「生活費は月々の分割払いにした方がいいのかな。投資で全額なくしたなんて、ギャンブルかよ」

「そのあたりのことも弁護士に任せましょう」

夏目はいつになく疲れた顔をしている。日比野も精神的な疲労を感じていた。

多恵の騒動のせいで、その後の仕事が滞り、日比野は残業するはめになった。

拓也に「今日は残業。夕食はいらない。ごめん」とだけメールを送り、社員に買ってきてもらったコンビニのおにぎりで食事を済ませた。

いつもより遅く会社を出たあと、日比野はまっすぐ自宅マンションに帰らずに、松田の職場へ向かった。メールで呼び出し、近くのカフェで待ち合わせる。

松田が働いている大手建築事務所は時代の最先端をいく街の中心にあり、カフェの店内も凝ったつくりになっていた。観葉植物がたくさん置かれ、流木のオブジェが目立つ場所に飾られている。テーブルと椅子は木製で、まるで公園の東屋《あずまや》にいるようだ。もう二十二時近くになるのに十代から二十代の若者が客の八割を占めていた。

松田の事務所から近い店とはいえ、日比野はいささか居心地が悪いなと思いつつ、奥まった場所に空いたテーブルを見つけて座った。

約束の時間から五分ほど遅れて、松田が現れる。カウンターでコーヒーを買い、日比野の待つテーブルにやってきた。

「ごめん、遅れた」

「いや、突然呼び出して悪いな」

「電話じゃ話せないことでもあったのか？」

日比野は声のトーンを落として、「じつは」と母親の件を話した。松田が目を丸くして、「そりゃ大変だ」と呟く。

「念のため、建人の実家にも知らせておいてくれないか。かなりせっぱ詰まった状態に追い詰められていたら、どこへ行くかわからない。絶対に金は渡さないようにと頼んでくれ。こっちでなんとか対処するから」

「わかった。おふくろに連絡する。いま、いいか？」

松田はその場で携帯電話を操作し、自分の母親にメールで用件を伝えてくれたようだ。まだ松田家には現れていないと聞いて、胸を撫で下ろした。

「しかし、多恵おばさんのことだから、そのうち田舎から出てくるんじゃないかと思っていたが……本当に出てきたな」

「すごいな、建人は母さんが出てくると予想していたのか。俺なんかすっかり安心していたよ。このまま隠居してくれるもんだと思ってた」

「あれだけバリバリ働いていた人なんだぞ。いきなり、しかも本人が引退したいと望んだわけでもないのに田舎に引っ越しさせられて、俺から言わせりゃよく三年も我慢していたよ」

「でも事情が事情だった」

「それはわかってる。全部、多恵おばさんが悪い」

ふう、とひとつ息をついて、松田が立ち上がった。「腹が減った。サンドイッチでも買ってくる」と言ってカウンターへ行き、すぐにトレイを手に戻ってきた。バゲットにハムとチーズとレタスが溢れるほど挟まっているサンドイッチを食べはじめる。

「このあと、また職場に戻るのか？」

「今週末締め切りの仕事があるんだ」

「ブラックだな」

「好きでやってる。口を出すな」

松田がムッとして言い返してくるので、「はいはい」と流しておいた。

「俊輔はもう晩メシ済ませたのか？」

「会社でおにぎりを食べた。母さんのせいでバタバタして残業だよ。ここのところずっと七時半には退社して八時に帰って拓也の晩メシ食べていたのに」

今夜のメニューはなんだったんだろう。連絡するのが遅くなったので、きっともう日比野の分も用意していただろう。拓也に悪いことをした。

「このあいだの牛丼は美味かったな。そうだ、天ぷらパーティはいつにする？　冷凍のキス、はやく食べないと」

「ああそれな。いつにしようか」

松田の予定を聞いて候補日を第一から第三まで設定した。拓也に予定を聞いて決めることにする。

「そういえば拓也君さ、俺のこと、なにか言ってた？」

サンドイッチを食べてしまってから、松田がぼそりと聞いてきた。「なにが？」と聞き返しながら松田を見ると、視線を逸らしている。

「ほら、このあいだキスを届けたときのこと」

「おまえが手際よく処理した話なら聞いたぞ。拓也は魚を捌けるようになりたいと言っていた」

「ほかには？」

「……なにも」

「ふーん」

松田はカップに残っていたコーヒーをぐっと飲み干し、「ならいいよ。じゃあ」とトレイを手に立ち上がろうとする。とっさに腕を摑んだ。

「ちょっと待て。なんだその、なにかありました的な意味深なフリは。あの日、おまえはキスを捌いただけじゃないのか。拓也と二人きりでなにかあったのか」

「なにもないよ。あるわけないだろ。手を離せよ」

「なにもなくて拓也の言動を気にするわけないだろ。白状しろ。なにかあったんだろ。拓也が可愛すぎて理性が切れたのか」

「それはおまえだろ」

「俺はまだ切れていないっ」

声が大きい、と松田に指摘されて、日比野は慌てて口を閉じた。そうだ、ここはカフェだった。

「本当にあの日、なにもない。俺と二人きりで拓也君は気を遣っていたみたいだから、おまえになにか言ったかなと思っただけだ」

松田は椅子に座り直した。

「あの子、ちょっと人見知りだろ。まだ俺に慣れていないから、俊輔抜きでは会いたくないとか、二人きりは気詰まりだったとか、そういうことを言ったんじゃないかと気にしただけで、深い意味はない」

「本当だろうな」

「本当だ」

　まっすぐ松田と目を合わせたが、嘘を言っているようには見えなかった。くっと奥歯を噛みしめて、波立つ気持ちを鎮めようと努力する。拓也のことになると冷静ではいられない。

「俊輔、おまえ……そうとうキテるな」

「キテるよ。もうマジで」

　テーブルにぐったりともたれかかり、日比野はため息をつく。

「だってあいつ、可愛いんだもん」

「気色の悪い言い方をするな」

「可愛いのは事実だ」

「標準よりも美形ではあるな。それは認める」

「なんだよ、その評価。低すぎないか？　べらぼうにきれいだろうが。見ているだけで幸せになれるような、うっとりしちゃうような、こう、後光が差してるみたいにキラキラしてるだろ。神か？　ってくらいに」

「拓也君は神じゃない」

「だから例えだよっ」

精一杯の小声で松田にツッコむ。

「まあいい。おまえが拓也に対してそのくらいの感想しか抱いていないなら、俺は安心だ。俺は、俺みたいなヤツがもう一人いたらぶっ殺している。拓也を守るためにはそれしかない」

「ほうほう、おまえはそれほどの危険人物なのか」

「危険だ。だって拓也は可愛い。どうしてあんなに可愛いんだろうなって泣きたくなるくらいだ。見ていると抱きしめたくなって困る。匂いだって嗅いじゃいたい。照れ笑いなんてされてみろ、心臓が止まりそうになるぞ」

「死ぬにはまだ早いぞ」

「拓也を残して死にたくないから頑張る」

はあっ、と日比野はまたため息をつく。「あのさ」と松田がテーブルに身を乗り出してきた。それほど大きくないテーブルなので、ほとんど折り重なるような体勢になる。

「その気持ち、拓也君にいつ伝えるんだ？」

「恐ろしいことを言うなよ。あいつと何歳離れていると思ってんだ。俺は拓也の父親と同級生なんだぞ。言えるわけないだろ……」

「年齢なんて関係ない。勇気を出して言ってみろよ。案外、イケるかもしれないぞ」

「ヤメロ。イケると思っちゃうから」

のし掛かっている松田を退けて体を起こす。椅子の背もたれに体重を預けて、ふと周囲に目を向けると、たくさんの客の視線が自分に注がれていた。そのうち何人かは携帯電話を日比野に向けている。写真を撮られたのかとギョッとした。

「やだ、リアルに遭遇しちゃった」

若い女の子がキャッと嬉しそうな声を上げている。もしかして距離が近すぎた日比野と松田をゲイカップルだと勘違いしたのだろうか。

松田もそれに気づいて、サッと立ち上がった。二人してそそくさとカフェを出る。背中に刺さる好奇心丸出しの視線が痛かった。

◇

朝、出社する日比野を玄関まで見送りにいく。いまの拓也が日課にしていることだ。

こんなことに意味はないかもしれないが、まるで新婚のようでひそかに楽しんでいた。

「今日も帰りが遅くなりそうだ。ここんとこ毎晩遅くてごめんな」

本当に申し訳なさそうに日比野が言うので、拓也は「気にしないでください」と微笑んだ。

「拓也のご飯が食べたいんだが、思うようにいかなくて」

「あの、それで、こんなものを用意してみたんですけど……」

差し出したのは洋菓子店の手提げ袋だ。中を覗きこみ、日比野が目を丸くした。

「え、まさか、弁当？　作ってくれたのか？」

「いつもの家庭料理の延長みたいなおかずばかりなんですけど、彩りだけは気をつけてみました。お店で買ったものの方が美味しいと思うんですけど――」

「いやいや、なに言ってんの。拓也が作った弁当の方が美味いに決まってるだろ。俺がどれだけおまえの料理に胃袋摑まれてると思ってんだ。うわぁ、すっごい嬉しい。ありがとう」

　日比野が満面の笑みになってくれたので、拓也は作ってよかったと思った。お弁当なんて用意して、いらないと拒否されても仕方がないと覚悟していたのだ。

「これで今日も一日頑張れるよ。マジでありがと。じゃあ、いってくる」

「いってらっしゃい」

　日比野のニコニコ笑顔が玄関ドアの向こうに消えてからも、拓也はその余韻に浸って、しばらくその場に立っていた。

「さて、洗濯しようかな」

　朝食の片付けをしながら洗濯機を回し、自分の昼食の下拵《したごしら》えもする。乾燥まで終わった衣類を取り出してたたみ、一時間ほどでだいたいの家事を終わらせた。

　その後は午後の見舞いの時間まで、自分の部屋にこもる。再生回数がまた伸びたようだ。感想を綴ったメールもたくさん届いている。ざっとメールのタイトルを見て、感想以外の仕事の依頼とかＰＶ制作に関わるものには返事を書いた。

感想はそのうちゆっくり読むつもりだ。今日はすぐにでも制作にとりかかりたい気分。昨日までにだいたいの歌は出来上がっていたので、それにアレンジを加えていく。集中して作業をしていたら、あっという間に正午を過ぎていた。

簡単に昼食を済ませて、拓也は父親の病院へ向かった。外は暑かった。今年は空梅雨なのか、あまり雨が降らない。七月に入り、太陽の勢いは増していた。暑さに辟易《へきえき》しながらバスと電車を乗り継いで病院へ行く。

「父さん」

父親は冷房が適度に効いた病室にいた。この病院の中庭が気に入ったらしいが、日中はやはり暑く、病室か談話室にいることが多い。入院当初より格段に顔色がよくなった父親は、笑顔で振り返った。

「よう、拓也」

「はい、これ。持ってきたよ」

「おお、ありがたい」

持参した見舞いの品を詰めた紙袋を受け取り、父親は目を輝かせる。体調がよくなってきたせいで父親は時間を持て余すようになっていた。紙袋の中にはリクエスト品が入っている。マンガと携帯電話だ。病院の売店にも雑誌類は置かれているが、さすがに携帯電話はない。

璃々太は携帯電話を取りだし、拓也に使い方を聞いてくる。父親はこれでゲームをやりたいのだ。父親は二つ折りのガラケーしか持っていなかった。それは本人でないと解約できないらしいので、あたらしく拓也が買ってきた。

「高かっただろ。俊輔に買ってもらったのか」

「ああ、うん、まあね」

今日はとりあえず無料ゲームのやり方だけを教えた。

「わー、画面がきれいだなぁ」

高価なオモチャを手に入れて楽しそうな父親に、拓也は苦笑いしかない。

「明日はインターネットの使い方を教えるよ」

「……仕事を探したりも、できるんだろ？」

すこし真顔になって、父親が尋ねてくる。うん、と拓也は頷いた。

「父さんな、予定どおりに一カ月で退院できそうだ。あと一週間くらいか。楽しみだぁ」

窓の外を明るい表情で眺める父親の横顔に、拓也は罪悪感を抱く。退院を楽しみにしている璃々太に、日比野との生活が終わりに近づいていることが寂しいなんて本音は、口が裂けても言えなかった。

「俊輔には親子で世話になった。この恩は一生忘れない。元気になったら、こんどこそ真面目に働くから、拓也、いっしょに頑張ろうな」

「でも当分は加減しながらしか働けないと思うよ。退院できるまで快復しても、健康体に戻ったわけじゃないって、お医者さんが言ってた。無理しないでくれよ」

「無理はしないさ。でもぼちぼちなら働けるだろ。また拓也と二人で暮らしたい。二度と入院なんて嫌だから、最初は俊輔に頼るかもしれないけど、健康に気をつけて地に足がついた生活を送ろうと思ってる」

車上生活はもうやめる決意をしたらしい。それはいいことだ。

拓也は退院前に、自分に収入があることを打ち明けようと決めた。日比野にこれ以上、経済的に頼らなくても賃貸物件を借りられると、父親に話してしまおう。その方がストレスは減るにちがいない。

じゃあ、また明日——と拓也は病院を出た。

外はまだまだ暑くて、熱せられたアスファルトの道路からゆらゆらと陽炎《かげろう》が立ち上るのをぼうっと眺めた。汗がこめかみから首へと流れ落ちていく。

日比野との生活が終わる。はじめから期間限定だった。いつまでも続くものではないとわかっていたのに、終わりが見えてくると悲しかった。

たぶん、この一カ月よりも楽しい期間は、この先の拓也の人生にもうないだろう。

一分一秒が、美しく輝いた日々だった。日比野とおなじ部屋の空気を吸い、日比野となんでもない会話をする。日比野のために食事を作り、日比野の服を洗濯した。そして、この大切な時間への想いを楽曲にする——。

じわりと目の奥が熱くなってきて、涙が滲んだ。

終わりにしたくない。もっと日比野といっしょにいたい。けれど、父親が楽しみにしている退院後の生活を拒むことはできない。そもそも、父親が入院しているあいだだけの同居という約束だった。

時間が止まってしまえばいいのに。

そんな子供じみたことを願ってしまう。

遠くの方からバスが近づいてくるのが見えた。乗らなければ帰れないのに、乗りたくないと思った。

目の前でバスが停車する。開いたドアのステップに、拓也はふらりと足をかけた。冷房が効いた車内は涼しかった。一般診療が休みの時間帯だからか、いつも病院の行き帰りのバスは空いている。拓也を含めて客は四人しかいなかった。

一番後ろの席に座り、拓也はぼんやりと、「なにか買い物をして帰らなきゃ」と思った。

（明日のお弁当のおかず……）

なにがいいだろうか。あれこれと考えているうちに、また涙がこみあげてくる。女々しすぎて自分が嫌になる。拓也がじつはこんなグジグジした男だと知ったら、きっと日比野は呆れて眉をひそめるだろう。

（でもいまここに日比野さんはいない）

ほかの乗客たちは、だれも拓也の様子など気にしていなかった。窓の外を眺めるふりをして、拓也はしばらく静かに涙をこぼしていた。

◇

「ジャーン」

日比野が効果音つきでテーブルに出したランチボックスに、夏目が「あら」と目を丸くした。

「もしかして手作りのお弁当ですか」

「もしかしなくてもそうだ。すごいだろ。拓也が用意してくれたんだぞ」

フンフンと鼻歌をこぼしながら蓋を開ける。彩りには気をつけたと言っていたとおり、緑色のブロッコリーと赤色のプチトマト、黄色いパプリカなどがきれいに詰めこまれている。俵型のおにぎりにはノリが巻かれ、一口大のハンバークには弁当専用の短いピックが刺さっていた。十九歳の男が作ったとは思えない可愛らしさだ。

「うおぉぉぉ、可愛い、拓也スゲェ。見て、見て見て、可愛い！」

「はいはい、可愛いお弁当ですね」

「みんなに見せびらかしたいな」

ランチボックスを抱えて社長室を出ようとしたら、夏目に止められた。

「馬鹿なことをしないでください」

「馬鹿？　ひどいな、おい」

「キャラ弁でもない、ごく普通のお弁当なんですから、社員に見せびらかしたと知ったら、拓也君が恥ずかしがると思いますよ」

「そうか？」

「そうです。お茶どうぞ」

買い置きしてあるペットボトルのお茶をそっけなく渡された。

「なんだよ、じゃあ夏目さんがもっとよく見てくれよ。ほら。最近帰りが遅くていっしょに夕飯を食べられないから、あいつの料理が恋しいって愚痴ったんだ。そうしたら、こんな弁当を用意してくれた。俺の心を読んだの？　ってくらいに求めているものを出してくるってすごくない？」

「たしかにすごいですけど……ここのところ帰りが遅いのは、まあ、申し訳ないと思っています」

ソテーされたパプリカを食べようとしていた日比野は手を止めて、ソファの横に立つ夏目を見上げた。

「いや、その点は夏目さんが謝ることじゃないぞ」

音楽部門を設けることが決定し、日比野と夏目は業界関係者への根回しの最中だ。もともとすこし忙しくなるだろうとの予想はしていたが、そこに多恵の件が加わった。

危惧していたとおり、多恵は金策に奔走している。担保になる個人資産がなく、保証人になってくれそうな人も失っているため、金融機関は融資してくれない。せっぱ詰まった多恵は、手当たりしだいに以前の人間関係を訪ねているところだ。

日比野と夏目はできるだけ先回りして、注意喚起して回っている。迷惑をかける旨の謝罪もしなければならず、日比野と夏目の心労は増していた。

だからこそ拓也の癒しがほしかった。弁当は最高の喜びとなっている。

「母さんが、まさかこんなふうになるなんて、三年前まで俺は思ってもいなかったからな……」

「私だってそうです」

多恵は堅実な経営者だった。夏目をはじめ、社員たちは安心してすべてを多恵に任せていたのだ。

当時、多恵を籠絡したホストは、店を変えはしたが歌舞伎町《かぶきちょう》でまだ働いているらしいとは聞いた。

「件のホストとは完全に切れているのは確認できましたから、多恵さんは本当に仕事がしたいのかもしれませんね」

「仕事が好きな人だったからな。田舎暮らしは物足りないんだろう。だが、あれだけのことをしでかしたんだ。刑事事件にはしなかったし外部にはほとんど漏れていないが、ごく近しい関係者たちはだいたいなにが起きたのか察している。母さんの友人たちはホストにハマっていたのを知っていたわけだし。いまさら一からはじめるのは難しい。だれも協力しないだろう。母さんは完全に信用を失ったんだ。この業界、信用で成り立っているようなもんだからな」

そうですね、と夏目はため息をつきながら頷く。

「私は外で食べてきます」

そっと社長室を出て行った。

日比野は拓也の弁当に向き直り、彩りのきれいな料理の数々に微笑む。拓也が大真面目な顔でおかずを詰めている姿が想像できて、胸がほっこりした。

多恵はそのうち諦めて田舎に戻るだろう。東京での滞在費も馬鹿にならない。近いうちにどこかに呼び出して、弁護士を交えてもう一度話し合いをするつもりだ。あらためて生活費を渡し、隠居生活を楽しむ努力をしてほしいと頼もう。

そして日比野的にはもうひとつ、重大な案件がある。

璃々太が退院したあとのことだ。

拓也との生活は最高に楽しく、ずっと続けていきたいほどに別離は寂しいが、父子を引き離す権利は自分には欠片《かけら》もない。まず日比野のマンションから近いところに賃貸物件を探し、二人を住まわせよう。いつでも会える距離に拓也を置いて、心の安寧をはかりたい――。

（拓也……おまえはどうしてそんなに可愛いんだ……）

じつは数日前、ひさしぶりに自慰をした。オカズはもちろん拓也だ。

ここ数年、ＥＤ気味で性欲なんてどこかへ行ってしまった感があったのに、タクシーの中でもよおしてからたびたび股間が主張するようになっていた。そのとき考えているのは、いつも拓也のこと。もう試しにマスターベーションしてみようとベッドで妄想してみたら、あっさり抜けた。想像上の拓也はとても淫らで美しく、何度も挑めそうなくらいに高ぶった。

往生際が悪い自覚がある。でももう認めるしかない。

（拓也のこと、好きになってたんだな。いつの間にか）

もしかしたら再会したときに一目惚れしていたのかもしれない。小児性愛者ではないから、子供時代の拓也にはピクリともしなかった。友人の息子としか思っていなかった。けれど十九歳の拓也は、日比野の心にスッと入りこんだのだ。

本人よりも先に気づいていたような素振りの松田には、本心を伝えたらどうだと助言された。拓也はたしかに日比野に優しいし、日比野のためにアレコレとしてくれる。けれどそれは家主へのサービスではないだろうか。父親の入院費と世話になっている自分の恩返しとして、日比野に気を遣ってくれているだけの可能性が大きい。

勇気を出して告白しても玉砕したら、どう立ち直ればいいのか。心で泣きながら顔では笑って、今後も頼ってくれよ、親戚みたいなもんだし、と言えるか？

頼れる友人ポジションを、松田に渡したくない。松田とて高給取りだ。独身で支えるべき家庭はないから、璃々太と拓也の新生活に多少の援助はできるだろう。

それに、もし気持ちに応えてくれて恋人になれたとしても、拓也がやっぱり恩返しのつもりでないとは言い切れない。

「あーもう、考えるのは食べたあとにしよう」

余計なことを悩んでいたら、せっかくの弁当の味がわからなくなってきた。

食事に集中するために、日比野は頭の中から雑念を追い払った。

◇

病院からの帰宅後、拓也は夕食のしたくをするまえに、すこし作業を進めようと自分の部屋に行き、パソコンを立ち上げた。

けれど気が散ってなかなか集中できず、いったん休憩しようとキッチンに向かう。今夜も日比野は夕食を家で食べないので、自分の分だけ料理すればいい。簡単にパスタで済ますことに決め、弁当のおかずの下拵えをやっておくことにした。

挽《ひ》き肉で肉団子を作り、素揚げしておく。明日の朝、これに甘酢のタレを絡めよう。ほうれん草を茹でて、適当な長さに切った。これも、明日の朝にバター炒《いた》めにする。作り置きの副菜も二品ほど作った。もし日比野が早めに帰宅することができて、軽く食べたいと言ったときにすぐ出せるようなものを考える。

手を動かしていると、気分転換ができて沈んでいた気持ちが浮上してきた。

そこでピンポンとインターホンが鳴った。時計を見ると午後五時。七月の太陽はまだ西の空にあって、窓の外は明るい。日比野が帰るには早すぎるし、宅配便の予定も聞いていなかった。けれど松田が不意に訪ねてくることもある。拓也はエプロンで手を拭きながら「はい」とモニターに向かって返事をした。

小さな画面には、年配の女性がうつっている。肩までの髪と白いジャケット。エントランスの外は暑いのだろう、額の汗をハンカチで拭っていた。

『ここを開けてちょうだい。いつの間に暗証番号を変えたの』

いきなり命令口調でそう言った。

「あの、どちら様ですか？」

『あなたこそだれよ』

「お、俺は、留守番です。日比野さんはいません」

『俊輔がいないのはわかってるわ。平日の夕方ですもの、会社でしょ。いいから開けて。暑いのよ。あなた、家政夫かなにか？　私がだれだかわからないの？　日比野多恵。俊輔の母よ』

えっ、とびっくりして拓也は慌ててロックを解除した。日比野の母親だとは思わなかった。モニターではわからなかったが、直接顔を見れば似ているだろうか。

しばらくして玄関でピンポンと鳴る。拓也はドアを開けて、日比野の母親を迎え入れた。

「ああ、暑かった」

多恵は拓也を押しのけるようにして中に入ってきた。パンプスを脱ぎ捨て、ドカドカと廊下を進む。

「あの、スリッパを……」

「ああ、ありがとう。冷たいお茶かなにか、ない？　喉が渇いたわ」

拓也は急いでキッチンへ行き、作り置いてあった麦茶をコップに淹れて出した。

「なによこれ、麦茶？　美味しくないわね」

「すみません……」

不機嫌そうに顔をしかめられ、拓也は首を竦めた。多恵は部屋の中をぐるりと見渡した。拓也はなにをしていいかわからずに、ぼうっと立っていた。多恵は日比野にあまり似ていなかった。日比野の年齢からして、母親は六十代だろう。それにしては若々しいファッションをしている。数年前まで日比野プロの社長だったのだから、それも当然なのだろうと思った。

「あいかわらず女っ気がない部屋ね。家政夫も男だなんて」

多恵は不満そうに拓也を振り返る。じっと見つめられて、拓也は威圧されているような気分になり、顔を伏せた。

「あなた、よく見ると可愛い顔をしているのね。いくつ？」

「え……？」

「年齢よ。いくつなの」

「十九、です」

「いつから家政夫をしているの。この仕事に満足している？」

いきなり問われ、ぐっと距離を縮められた。拓也は気圧《けお》されて後退《あとずさ》りする。

「俺は、家政夫じゃ、ありません。あの、俺の父親が日比野さんと友達で、その、同級生で、居候させてもらっているだけで……」

「あら、そうなの。名前は？」

「伊藤、拓也です」

多恵が何度かパチパチと瞬《まばた》きをした。すぐに、なにかを思い出したような表情になる。

「あなたの父親、もしかして璃々太とかいう名前なんじゃない？」

「はい、そうです」

「やっぱり」

多恵はニヤリと笑った。あまりいい感じがしない笑い方だった。

「変な名前だから覚えていたわ。俊輔と同級生でこんな大きな子供がいるっていったら、璃々太しかいないもの。あれでしょ、あなたの母親は杏奈でしょ。元アイドルグループにいて、すぐに引退しちゃった子」

「……はい」

「だったら、あなたはクウォーターってことね。いい感じに血がミックスされている顔じゃない。エキゾチックで、ミステリアスで、売れそうだわ」

ぐいぐいと迫られて、拓也はついに壁際に追い詰められた。多恵の方が背は低いが、勢いで完全に押されている。

「ねえ、あなた、私のところに来なさいよ。稼がせてあげるわよ」

「なんのこと、ですか」

「デビューさせてあげるって言ってるの。芸能界に興味があるんでしょう？　だから俊輔のところに居候しているんじゃないの？　いまはどんなレッスン中？」

「ちがいます、俺は、そんなつもりは、ぜんぜん……」

「嘘おっしゃい。だったらなんで俊輔のところにいるのよ」

「俺の父さんが入院しているからです。住むところがなくて、父さんが退院するまで日比野さんが面倒をみてくれることになって――」

「あら、そうなの。でもそのルックスで芸能界に興味ないなんて、あり得ないわ」

「やめてください。本当に、そういうのは、嫌なんです」

拓也はなんとか多恵を押しのけて、距離を置いた。

「あの、俺は、子供のころに、母さんに子役デビューさせられそうになって、でも向いてなくて、オーディションではなにもできなかったんです。人前に立つとか、カメラに向かって笑うとか、死ぬほど苦手で、できないんです。無理なんですっ」

拓也なりに精一杯、事情を話したつもりだ。しかし通じなかったようだ。

「それは子供のころの話でしょう。子役っていうのは、演技力よりも臨機応変さとか物怖じしない態度とか、そういうものを要求されるから。でも大人になってからは真逆のものが求められるのよ。あなたみたいなちょっと人とはちがうルックスと生い立ちは、アピールポイントになるわ」

「生い立ちって……」

「杏奈の息子っていうだけで、まず注目されるでしょうね」

注目なんかされたくない。母親とのいい思い出なんかないし、拓也は好きなように曲を作ることができれば、あとはひっそりと生きていきたいとしか思っていない。

「たしか杏奈はほんの二年間くらいしか表舞台にいなかったわよね？　けれど印象的だったわ。覚えている人はたくさんいると思う。私も注目していたのよ。夜遊びしていたところを運悪く写真に撮られて引退に追いこまれたのは残念だったわ。まあでも、まだ十七歳だったのに飲酒と喫煙はダメよね。しかも当時、付き合っていた男が悪くて、ドラッグで捕まったんじゃなかったかしら？」

母親がどんなふうに芸能活動をしていて、なにをきっかけに引退したのか、拓也は詳しくは知らない。多恵が言うような事件があったのなら、引退は当然だろう。

「あのままアイドルグループにいたら、杏奈はセンターに立てたと思うわ。歌もダンスも上手かったもの。あなたを子役として売りたいと思ったのは、きっと果たせなかった自分の夢を息子に託したかったからなのね。わかるわ、その気持ち」

しみじみとため息をつかれても、拓也は同意できない。翻弄されたあげくに育児放棄されたのだから。

「杏奈はいまどこでなにをしているの？」

「知りません。父さんも知らないと思います」

「あらそうなの。じゃあ、あなたがデビューすれば杏奈から連絡が来るかもしれないわね。テレビで呼びかけてみましょうよ。話題になるわよ」

ゾッとした。とんでもないことを言い出す人だ。矢継ぎ早に思ってもみなかった発言をされて、頭がくらくらしてくる。いくら日比野の母親でも、相手をすることに限界を感じた。

拓也はいったん離れようと決めた。

「あの、俺、なにか飲み物を、買ってきます。すぐに戻りますから……」

多恵の方に出て行ってもらう、という発想はなかった。

自分の部屋に行き、財布と携帯電話だけを摑む。多恵は、リビングを横切って玄関へ向かう拓也に、ソファに悠然と座ったまま「いってらっしゃい」と手を振った。

マンションの外は暑かった。ドッと汗が吹き出してくるが、一人になれて緊張感から解放される。

一番近いコンビニエンスストアではなく、わざと遠い店まで拓也は歩いた。のろのろと歩いていて、母親が訪ねてきたことを日比野に伝えるべきなのではないか、と気づいた。携帯電話を片手に悩んでいると、目的の店に着いた。

まずは買い物をして帰ろうと、ペットボトル飲料を何種類か購入する。百円均一の店で買ったマイバッグそれらを入れ、来た道をだらだらと歩いて帰った。日比野に知らせるかどうか、決断できないままにマンションに戻ってきてしまった。

エレベーターで上階へ上がり、預かっている鍵で玄関を開ける。

「あれ？」

多恵のパンプスがなくなっていた。慌てて奥へ入っていくと、リビングは無人で、キッチンにも洗面所にも姿がなかった。なにも言わずに帰ってしまったようだ。

「俺の対応が、マズかったのかな……」

まさか戻ってきたらいなくなっているとは予想していなかったので、戸惑いが大きい。とりあえず買ってきたものをキッチンに持っていこうとして、ふと、拓也はリビングに違和感を抱いた。

（なに？　なにかが……）

ちがっている。なにかが、ちがう。なんだろう。なにがちがうんだろう？

「あっ！」

テレビの横に置かれていたガラス製のジャガーの置物がなくなっていた。さらに、リビングのテーブルの上に昨日から置きっぱなしになっていた日比野の腕時計もない。今日、日比野は別の時計を腕にはめて出かけた。たしか、どちらも高級品だ。

キャビネットに飾られている、ほかのガラス製品は整然と並んでいた。扉に鍵がかかっていたからだろう。触られた形跡はない。

「ど、どうしよう……」

多恵が持っていったのだろうか。彼女しかあり得ない。でもいったいなぜ？

拓也は自分であれこれ悩んでいる場合ではないと、日比野に連絡することにした。携帯電話の画面をタップする指が震える。

『もしもし、拓也か？　どうした？』

居候するようになってから、日々の連絡はメールでしていた。電話したのは、父親の入院を知らせたとき以来、二度目だった。

「あの、あの、いまさっき、日比野さんのお母さんが来て――」

『なんだって？』

日比野の声が裏返った。動転しているらしい日比野に、拓也は驚く。

『いまもそこにいるのか？』

「それが、俺が飲み物を買いに出ていたあいだに、いなくなっちゃって」

ごくりと生唾を飲み、声が震えないように堪えた。

「ごめんなさい、俺、その、たぶん……なんですけど、たぶん」

『どうした。なにかあったのか？』

「ジャガーがなくなっていて……あの、バカラの……。日比野さんの腕時計も……」

日比野が電話の向こうで息を飲み、絶句している。沈黙が怖くて、拓也は背中に冷たい汗をかいた。

大恩人であり、大好きな人の母親を泥棒あつかいしている自分が、どうしようもない人間に思えた。

ジャガーと腕時計が見当たらないのは、もしかして拓也の勘違いかもしれない。日比野がどこかへ移動させたのを、拓也が気づいていなかっただけかもしれない。それなのに日比野の母親が持ち去ったと思いこんだ。こうして日比野に電話までしてしまった。

「あの、あの、俺の勘違いかもしれません。たぶん勘違いです。家の中のどこかにあると思います。いまから探します。ごめんなさい。ごめんなさい！」

『待て、待て待て待て、拓也。落ち着け。たぶん勘違いじゃない』

ふぅ、と日比野がひとつ大きく息を吐いたのが聞こえた。

『いますぐ帰るから、家にいてくれ』

「え、でも、仕事は……」

『こっちのことは心配しなくていい。いいな？　それと、ほかになくなったものはないか、確認しておいてくれないか』

はい、と拓也は泣きそうになりながら小さく返事をして通話を切った。

日比野は「勘違いじゃない」と言った。つまり、母親がそうした行為におよぶ可能性があるとわかっていたのだろうか。

とにかく、拓也は言われたとおりに、ほかになくなったものはないかリビングを見回した。荒らされた形跡はないし、異常は見当たらない。そもそも日比野の自宅はシンプルで、ものが少ないのだ。キッチンへ行ってみたが、こちらもとくに変化はなかった。

廊下の壁にかけられたリトグラフのフレームもそのままだ。日比野の部屋は鍵がかけられたままで、だれかが入った形跡はない。日比野はたまにメンズのアクセサリーをつけるが、そうした貴金属とほかの腕時計は自室の中だから無事だろう。

日比野はもともと自分の部屋に鍵をかける習慣はなかったらしいが、拓也といっしょに暮らすにあたって、施錠するようになった。「悪く思わないでくれ」と本人から説明を受けている。彼の自室は書斎と寝室を兼ねていて、そこには企業秘密レベルの企画書やら所属タレントの情報やらが入ったパソコンがあるそうだ。万が一、外部に情報が漏れたとき、拓也を疑惑から守る意味もあると言われたので、納得している。

拓也が自室として与えられた客間にも、鍵はかかるようになっていた。一度も使ったことはないが、日比野からはちゃんと鍵をもらっている。

拓也はハッと自分の部屋を振り返った。ドアがほんの少し開いている。慌てて飛びこみ、息を飲んだ。机の上になにもない。ノートパソコンがなくなっていた。

「ウソ……」

歌詞を練っていたメモ用紙やペンはある。電源に繋げていたコードもある。けれど、拓也の創作物のすべてが詰まっていたノートパソコンが消えていた。

あまりのショックに足から力が抜けた。ふらりと床に座りこむ。

データのバックアップは取っていなかった。日比野の家に居候してからは用心のために持ち歩く必要がなくなって、かなり油断していたのはいなめない。それで松田にも見られて、バレたのだ。けれどまさか、持ち出されるなんて――。

一応、パスワードがなければ立ち上がらないようにはなっている。しかしノートパソコン自体を中古として売り飛ばされてしまうと、データが消去されて初期化される。

何年もコツコツと作ってきた楽曲が。

未発表で制作途中のものだって、たくさんあった。

いま作っていたものも、あと少しで完成だったのに。

日比野への想いまでが踏みにじられるような気がして、拓也は絶望的な気持ちになった。どうしてバックアップを取らなかったのだろう、といまさら後悔しても遅い。それに、この部屋は鍵がかかるようになっていたのだから、施錠を怠らなければよかったのだ。いくら突然の来客に慌てたといっても、そのくらいの用心はするべきだった。ついこのあいだ、松田に『糸』であることがバレたばかりなのに。

自室から出てリビングで悄然《しょうぜん》としていると、玄関ドアが開閉する音がした。日比野が帰ってきたのだ。日比野は拓也を見て、「ごめんな」と即座に謝ってきた。

「日比野さん……」

ため息をつきながらソファに座り、日比野は自分の携帯電話を操作した。「この人だっただろ？」と見せてきたのは、写真だ。何年か前のものらしいが、たしかにさっきの女性だった。

「ああ～、もう……」

日比野は両手で頭を抱え、低く呻く。そしてテレビの横、ガラスのジャガーが置かれていたあたりをじっと見た。おもむろに日比野が手招きしてくる。正面のソファに座るように促され、拓也は腰を下ろした。

「拓也、話していなかったが、俺の母親は三年前に会社の金を無断で使いこんで、強制的に辞めさせられたんだ」

社長交代にいたった事件を、日比野が淡々と語り出す。はじめて聞く話だった。

「そんなことが……」

六十歳を過ぎた母親が息子よりも年下のホストにハマったなんて、本当なら拓也に知られたくなかっただろう。眉間に深い皺を寄せて何度もため息をつく日比野がかわいそうだった。

「あたらしい事務所なんて無理だ。もちろん書類さえ揃えて提出すれば作るのは簡単だが、この業界、そんなに甘くない。続くわけがない。あの人はそんなこと重々承知だろうに、いったいなにを考えているのか……」

きっと田舎で一人、寂しかったのだ。何十年も都会で暮らして働いていたのなら、交友関係はすべてこちらにあっただろう。会社の金を私物化したのは、たしかに悪いことだけれど。

そんなことくらい日比野もわかっていると思う。だから拓也はなにも言わなかった。

「それで、まあ、予想どおりと言うか、あの人はさっそく資金繰りに困って、知り合いをかたっぱしから訪ねてまわって、金の無心をしているようだ。ここのところ俺の帰りが遅かったのは、仕事だけじゃなく母親の尻拭いをさせられて時間が取られていたってのもある。あちこちに謝罪に行って、頭を下げてまわって、マジでもう勘弁してくれ……って感じだ」

疲れたようにソファに沈みこみ、日比野がまっすぐ見つめてくる。

「それで、あの人はおまえになにか言っていたか？」

「なにって……」

「素性を聞かれただろう。失礼なことは言われなかったか」

「あー……えっと、最初は家政夫と間違われました。でも俺が日比野さんの友達の息子だって言ったら、父さんのことを思い出したみたいで。それで、もしかして杏奈の子供か、って……。二十年以上も前のことなのに、母さんが芸能人だったことを覚えている人がいて、びっくりしました。ちょっと、怖いです」

「いや、あの人の場合、杏奈が俺の同級生と結婚したから覚えていただけだ。一般の人はそれほどでもない。怖がる必要はないからな」

優しく宥《なだ》める言葉をかけてくれて、拓也は「はい」と頷いた。

「それで？　まだなにか言われただろう」

「えっと、その、俺に芸能界には興味ないのかって、何度も……」

「だろうな」

チッと舌打ちし、日比野が険しい顔になる。

「あの人がおまえを見て放っておくわけがない。スカウトされて、断ったんだろうな。それとも、もしかして――」

「断りましたよ、もちろん。子供のころの辛かったオーディションの話とかしたんですけど、なかなか理解してもらえなくて、それで、俺……困っちゃって、飲み物を買ってくるって外に出たんです。コンビニまで行って戻ってきたら、だれもいなくて――」

「ジャガーと腕時計がなくなっていたというわけだな」

日比野は携帯電話を操作し、「それで、なくなったのはジャガーと腕時計だけだった？」と聞いてくる。拓也はためらいながら頷いた。

「あ、もしもし、俺」

だれかに電話をかけて話しはじめた日比野は、ジャガーと腕時計の行方を探してほしいと言いながら立ち上がり、自分の部屋に入っていく。開け放たれたドアから、「保証書はこっちにあった」と聞こえた。高級品には保証書というものがついて回るらしい。

「バカラのジャガーは三百万、ロレックスは二百万のものだ」

とんでもない金額が耳に入り、拓也は青くなった。高級品だろうとは思っていたが、まさかそこまでとは予想していなかった。立ち上がり、「どうしよう」とオロオロする。

「たぶん、てっとりばやく現金に換えるために、そうした店に持ちこむと思う。だが保証書がないと、いくら本物でも買いたたかれるだろうから、店頭で揉めそうだ。目に浮かぶようだな」

日比野のうんざりした感じの声。ますます拓也は申し訳なくなって、落ちこんだ。

「これ以上の醜態は晒してほしくない。日比野プロの評判にも関わるからな。手が空いている社員を使って、探してくれ。時間外手当ては俺のポケットマネーから出す」

きっぱりと言い切る日比野の言葉に、拓也は動揺した。すべては拓也の不注意が招いたことなのに、日比野が大損害を被ってしまう。通話を切ってリビングに戻ってきた日比野に、拓也は半泣きで訴えた。

「あの、俺、弁償します」

「なんの話だ？」

「バ、バカラが三百万、ロレックスが二百万なんですよね。それに、お母さんを探すのに、ポケットマネーを出すって……。全部でいくらになりますか。俺、出します」

「はあ？　なにを言ってんだ」

「だって俺が買い物に行かなきゃお母さんが持ち出す隙はなかったんです。俺が悪かったです。俺が、ちゃんと見張っていなかったから、こんなことに……」

　悲しくて泣きそうになってくる。俯いた頭上で、「はぁ」と日比野のため息が聞こえた。呆れられたと肝が冷える。弁償だけでなく、もっとなにかべつの謝罪方法があっただろうか。

「あのなぁ、俺はおまえが悪いなんて、これっぽっちも思っていないから。金に困った母親が自宅に来るかもしれないって、どうしてその発想がなかったのか猛烈に反省しているところだ。突然、俺の母親を名乗る女が訪ねてきて、困っただろ。ごめんな。とんでもないことに巻きこんじまって」

　不意に日比野に抱き寄せられた。分厚い胸に顔を埋める体勢になり、拓也は頭が真っ白になる。しかも背中をよしよしと撫でられてしまい、恐れ多くて全身が硬直した。

「俺が会社にいるあいだ、自宅は無人だから入れないって、一人暮らしのままの感覚でいたのがダメだったな。いまは拓也がいるのに。あの人は拓也がロックを解除しなくても、管理人なりなんなりに

母親が訪ねてきたと訴えて入りこむつもりだったんだろうが……」

また、はぁと息を吐かれ、拓也の髪がわずかにそよぐ。

（息が、息が……。それに心音が、響いてる……）

こんなスキンシップははじめてで、拓也は下がったはずの血がぐわっと上がってきて目眩がした。

「そもそも弁償って、そんな金がどこにあるんだよ。無理なことは言葉にするな。俺が悪いヤツだったら、言質《げんち》を取ったと無茶な要求をするところだぞ」

やんわりと叱られて、体を離された。足下がよろりと不安定になっていた拓也を、日比野がそっとソファに座らせてくれる。

お金ならなんとかします、というセリフが喉まで出かかった。いますぐ五百万円も払えないが、分割にしてもらえれば、来年あたりにどうにかできる可能性がある。いまここで自分が『糸』だと打ち明けてしまおうか、拓也は迷った。

日比野はリビングをうろうろと歩き回り、テーブルの下やソファの裏まで見て、なにやら探している様子だ。

「なにを、しているんですか？」

「盗聴器でも仕掛けられていないかと思って」

えっ、と跳ねるように立ち上がり、いっしょになってリビングとダイニング、キッチンを点検した。

「いまのあの人は、なにをやらかすかわからないからな。俺の口からなにか情報を得て、マスコミに売るくらいのことはしそうだ」

それほど日比野の母親は追い詰められているのだろうか。母親を疑わなくてはならないのは辛いだろう。

「おまえの部屋はどうだ。入りこまれたのか？」

「あ……」

パソコンのことを思い出した。拓也が言い淀《よど》んだことで日比野はなにかを察したらしい。「おい」と腕を掴まれた。至近距離で問い詰められる。

「なにがあった？　隠してもいいことなんかないぞ」

怖い顔でそう言われて、拓也は隠しきれずに打ち明けた。

「俺のパソコン、な、なくなってて……」

「は？　盗まれたのか？」

「盗むというか、その、無断で持ち出されたみたいで……」

「それは盗まれたって言うんだよ。早く言えよ、馬鹿！」

日比野は慌てて携帯電話でまた電話をかけた。ノートパソコンも盗まれていたと知らせ、ＰＣ機器の買い取り店も捜索してくれと頼む。日比野プロダクションの社員たちに、自分のものまで探してもらうのは申し訳ない。しかも日比野のポケットマネーで。

「あの、俺も探しに行きます」

人手は多い方がいいに決まっている。しかし拓也の申し出を、日比野は却下した。

「ダメだ、おまえはここにいろ」

「いやでも、俺のノートだし――」

「ここでじっとしていろ！」

怒鳴られて、拓也は竦みあがった。日比野に声を荒げられたのははじめてだ。ショックで愕然としていると、日比野がひとつ息を吐き、「すまん」と呟いた。静かに広げられた両腕に、そっと壊れ物のように抱きしめられる。

「うっかり大声を出しちまった。ごめん」

後頭部を大きなてのひらでゆっくりと撫でられた。

「おまえ、スカウトされたことを軽く考えているだろう。あの人はいま崖っぷちだ。下手に街中をウロついて、ばったり出会ったらなにをされるかわからん。どこかへ連れて行かれて、強制的に契約書にサインさせられて、ヤバい仕事をさせられる可能性だってあるんだぞ」

そんなまさか、と否定できるほど、拓也はこの業界のことを知らない。

「いま会社の人間に頼んで探してもらっているから、おまえは俺といっしょに家にいてくれ。俺のためにも」

懇願めいた日比野の言葉に、拓也は「わかりました」と応えるしかなかった。

「盗られたのが物でよかったと思っている」

「日比野さん？」

「バカラとロレックスがなんだってんだ。おまえのノートに関してはすまないが……」

腕にぐっと力がこめられて、拓也の抱擁がきつくなる。髪に日比野が顔を埋めたようだった。

「おまえが攫《さら》われなくて、本当によかった」

掠《かす》れた安堵の声に、拓也は胸がキュッと痛くなるほどの喜びを感じた。

◇

「あの……」

「なんだ」

「下ろしてもらいたいんですけど……」

「なぜだ」

「なぜって……」

拓也の顔を覗きこむと、頬をほんのりと赤らめて恥ずかしそうにしている。クソ可愛い。

日比野は拓也を膝に抱っこしてソファに座っていた。目が届く範囲にいてもどことなく不安で、落ち着かなくて、ソファに隣同士で座ってみてもしっくりこなくて、結局、膝に抱っこする体勢が一番いいと判明した。

最初、拓也は「子供じゃないから恥ずかしい」と抵抗したが、そのうちなにも言わなくなった。諦めてくれたのかと思っていたら、ときどき「下ろしてほしい」などと言う。できるわけがない。

いま二人は日比野の自宅で、社員からの連絡待ちをしている。

母親の多恵が自宅マンションを急襲し、バカラのジャガーの置物とロレックスの腕時計を持ち去ったと聞いたときは驚いた。さらに拓也をスカウトしたと知り、肝が冷えた。ジャガーと腕時計は気に入っていたものだが、もし見つからなくとも惜しくない。また買えばいい。それだけの経済力が自分にはある。

しかし、拓也はこの世に一人だけ。多恵に強引に連れ去られていたら、取り返しのつかないことになっていたかもしれないのだ。最悪のパターンをチラッと想像するだけで、体の芯が凍りつきそうな恐怖に襲われる。こうして拓也を抱っこしていないと安心できなかった。

こんなことになってみて、日比野はつくづく自分の気持ちを自覚した。

(拓也はだれにも渡さない。俺のものにする)

年の差がなんだ。立場の違いがなんだ。経済的に頼っている拓也が、日比野の求愛を断れないかもしれない？　それがなんだ。金にものを言わせて雁字搦《がんじがら》めにして逃げ出せないようにして、そのうえで口説きまくってメロメロにしてやればいいのだ。

こんなふうに膝抱っこしていても恥ずかしがるだけで嫌がっている素振りはないのだから、きっと脈はあるはず。とにかく嫌われていないのはわかる。父親と同い年の男に迫られて、はじめは戸惑うかもしれないが、びっくりするほど贅沢させて、愛を囁《ささや》いてやろう。拓也と同年代の青二才にはできない口説き方をしてやろうじゃないか、と日比野は決意していた。

ピンポーンと呑気《のんき》な電子音が鳴った。仕方がないので拓也を膝から下ろし、モニターを見にいく。松田だった。多恵が自宅に現れたことを連絡したので、様子を窺いに来てくれたのだろう。ロックを解除すると、すぐに上階までやってきた。玄関を開け、松田を招き入れる。

「よう、俊輔。おばさんがここまで来たって？」

「来た。メールで説明したとおり、ジャガーとロレックスと、拓也のノートを持っていった」

「あー……拓也君は？」

「奥にいる」

松田を連れてリビングに戻ると、拓也はキッチンへ移動してコーヒーを淹れようとしていた。拓也にとって松田は来客なのだろう。わざわざもてなそうとするなんて、やることなすことすべてが健気に見える。松田なんて水道水でいいのに。

マグカップに人数分のコーヒーを淹れてリビングに運んできた拓也がテーブルにすべてを置いたのを確認してから、日比野はその細い腰をひょいと抱え上げた。そして自分の膝の上に落とす。よし。

松田が目を丸くしているが気にしない。拓也の頬が赤くなっていくのを、きれいだなと眺めた。

「……俊輔、それはいったいどういうことだ」

「それ、とは？」

「それだよ。どうして膝に乗せるんだ」

「ちゃんと捕まえておかないと心配だからだ」

「はあ？」

そこで日比野は、多恵が拓也の容姿に目をつけてスカウトした話をした。

「拓也が無事でよかった。だが、母さんが見つからないかぎり、またいつ拓也に近づくかわからないから心配だ。今後はそばを離れないようにしたい」

しごくまっとうな主張だ。力強く言い切ったが、松田は天を仰ぐようにのけ反った。

「あのな、拓也君は十九歳の青年だ。平均より小柄だろうが、そう簡単には攫われないと思うぞ」

「だが人を疑うことが不得手のようだ。母さんを家の中に入れてしまったんだぞ。本当に俺の親なのか確認もせずに。外で知らない人間に声をかけられても、ふらふらとついていくかもしれないじゃないか」

「あの、日比野さんのお母さんを家に入れてしまったのは、本当に俺が悪くて、だから——」

「いや、いまはおまえを責めているわけじゃない。言い方が悪かったな。すまない。気にしないでくれ。建人に理解を求めているだけだ。拓也の純真さは美点だ」

よしよしと体を揺すってやると、拓也は赤い顔を伏せる。その熟れた桃のような頬にキスをしたくてたまらなくなった。唇がムズムズする。

「……まあ、その体勢が二人とも嫌じゃなければ、俺が口出しすることじゃないよな……」

松田は複雑そうな表情をしながら、視線を逸らした。

「それで、拓也君のノートパソコンも盗《と》られたらしいけど、データのバックアップは取ってあったのか？」

「いえ、してなくて……」

拓也が困った顔で答えると、松田が渋面になる。

「クラウドにも、外付けのハードとかにも？」

「まったく……」

「あー……それは大変だ」

松田が沈痛な面持ちになった。日比野はそんな松田と拓也の顔を交互に眺めることしかできない。

どうやら松田は、拓也のノートパソコンにどんなデータが蓄積されていたのか知っているようだ。日比野はなにも知らない。なぜ松田が知っているのか。面白くなかった。

「あのパソコンにはなにが入っていたんだ？」

黙っていられなくて拓也に聞いた。「えっ……」と声を上げた拓也は、目を泳がせる。

「なにか、大切なデータが保存されていたのか」

「ああ、はい、そんな感じで」

ものすごく言いたくない空気を出して顔を背けられ、日比野はムッとした。

「俺には言えないのか」

「そんなことは、ないですけど……」

「じゃあ教えてくれ」

「………」

急《せ》かすように膝を揺すれば、拓也の体もぐらぐら揺れる。背けた顎に手をかけ、こちらを向かせた。至近距離で目がバチッと合ったら、拓也は目を閉じてしまった。顔がリンゴのように赤くなっている。なぜだ。これはこれで可愛いが。

「俊輔、そのくらいにしてやってくれ」

松田が制止してくるので、ますます面白くない。

「建人はいつどうやって拓也のパソコンの中身を知ったんだ。こいつがしゃべったのか？」

「俺の場合は、まあチラッと覗いてみたら――という、あまりよくない方法で知った。拓也君がしゃべったわけじゃない」

「おまえ、他人のパソコンを勝手に覗いたのか？」

「たまたま立ち上がったままで見られる状態で置いてあったんだ。そのとき、俺はちゃんと拓也君に謝ったぞ」

「建人が言ったのは本当か？」

拓也に尋ねると、「本当です」と肯定する。拓也がみずから秘密を打ち明けたわけではないとわかって、いくぶん苛《いら》立《だ》ちはおさまったが、いい大人が覗き見したとあっては別の意味で腹が立つ。

「建人、おまえはしばらくウチを出入り禁止にする。覗き見のペナルティだ」

「あーはいはい、わかった。もう帰るわ」

松田は肩を竦めながら立ち上がり、リビングを出て行こうとして足を止めた。

「俊輔、ひとつ助言してやろう」

「なんだ」

「おまえが拓也君を膝に乗せている理由を一から十まで打ち明ければ、拓也君はパソコンの中身を話してくれると思うぞ」

えっ、と拓也が顔を上げ、松田を見る。そして日比野を見た。戸惑うように目を伏せる拓也のまつげがきれいだ。めっちゃ可愛いんだけど、これなに、どういうこと。

「え、俺が拓也を抱っこしている理由なら、さっき言っただろう。心配だからだ」

「もっと根本的な訳があるだろうが。もったいぶらずにさっさと言えよ」

じゃあな、と松田は出て行った。せっかく拓也が淹れたコーヒーは一口しか飲まれていない。

ふたたび二人きりになり、日比野は拓也を抱え直した。顔がよく見えるように、自分の腰を跨《また》ぐような体勢にさせて向かい合う。拓也は首まで真っ赤になった。

「な、なに、あの、これ、なんで」

「話しやすいかなと思って」

「やだ、これやだ、いやです、いや」

日比野の上から逃れようと、拓也がもがいた。逃がすまいと、日比野はその華奢な腰をがっちりホールドする。やだやだ攻撃の拓也がとんでもなくキュートで、日比野は密着している股間がハッスルしそうになった。

まだ告白もしていないのに勃起したら、変態味しか印象づけられないかもしれない。いったん下ろそうか、と逡巡《しゅんじゅん》したとき、ローテーブルの隅に置いてある日比野の携帯電話が鳴った。夏目の名前が表示されていた。

「はい、もしもし？」

素早く腕を伸ばして応答する。待っていた知らせが届いた。

『多恵さんが見つかりました。いまタクシーで会社に向かっているところだそうです。社長もすぐに来てください』

「わかった。盗んだものは？」

『バカラとロレックスとノーパソ、すべて回収できました』

「ブラボー」

ひょいと拓也を抱えたまま立ち上がる。通話を切り、「さて」と拓也を床に立たせた。

「パソコンを受け取りに、おまえもいっしょに来い。俺の母親になにか文句を言いたかったら、どれだけでも言っていいぞ」

「そんな……言いません。俺は自分のものを返してもらえたら、それでいいです」

ふるふると大真面目に首を横に振る拓也の髪を、日比野は苦笑しながらくしゃりと片手で撫でた。

◇

日比野プロダクションは七階建ての自社ビルを持っていた。

けれど一階から四階までは異業種の会社に貸していて、五階以上が事務所らしい。地下駐車場から直接五階まで行ける専用のエレベーターがあり、拓也は日比野に連れられてはじめてオフィスに足を踏み入れた。

明るいけれど派手ではない色の床と壁が、まずとても優しい感じがした。丸みを帯びたデザインのデスクとパーテーション、いくつもの観葉植物の鉢。働いている人たちはみんなおしゃれに見えて、拓也は回れ右をして帰りたくなった。

「拓也、こっち」

日比野に誘導されてオフィスを横切らなければならないのが苦痛だった。社長である日比野に連れられているからか、居合わせた社員たちがみんな注目してくる。興味津々といった視線が痛いほどで、拓也はだれとも目が合わないように、前を行く日比野の背中だけを見て歩いた。

社長室というプレートが下げられたドアにたどり着いたときには、拓也はようやく視線から逃れられるとホッとした。

日比野がドアを開けて社長室に入る。その後ろに続き、拓也は立派なデスクと、その正面に据えられたソファセットというシンプルすぎる社長室をぐるりと見回した。そのソファのひとつに、女性が座っていた。背中を丸めて、俯いている。

顔が見えなくとも服装から、日比野のマンションに来た女性だとわかった。多恵の前のローテーブルには、ガラス製のジャガーと腕時計、そしてノートパソコンが並んでいる。ノートパソコンのボディの隅っこに、小さなシールが貼ってあるのが見えた。スナック菓子のおまけについていたアニメキャラクターのシールだ。拓也が貼った。間違いなく自分のものだと確認できて安堵した。

しかしまだ起動してみないと、心から安心できない。落としたりぶつけたりして強い衝撃を与えられなかったことを祈るだけだ。

「夏目さん、いろいろとご苦労さん」

日比野が気安い感じで声をかけたのは、ソファの後ろに立つ、すらりと背の高い美女だ。拓也は「あっ」と声を上げそうになり、とっさに飲みこんだ。いつか、日比野と肩を並べて街中を歩いていた女性だった。

その女性は拓也を見て、微笑んだ。

「はじめまして、副社長の夏目です。伊藤璃々太さんの息子さんかしら」

「あ、はい、え……と、伊藤拓也、です」

慌ててペコリと頭を下げた。副社長だったのか、と内心で驚く。

（じゃあ俺が見かけたのは、デートとかじゃなくて仕事だった？）

楽観的に考えたくなってしまう。けれど社長と副社長がプライベートで付き合っていたとしても、ぜんぜん不思議じゃない。日比野は拓也を膝に抱っこしたりと、急にスキンシップ過多になったが、たんなる庇護欲の爆発かもしれないのだ。

「多恵さんはバカラとロレックスをブランド品の買い取り専門店に持ちこんでいたところを、社員が見つけました。やはり保証書がなかったので高値での買い取りはかなわず、店と揉めていたようです。ノートパソコンはそうした書類がなくとも売れたと思うので、そちらの専門店を後回しにしてくれて幸運でした」

そう説明したあと夏目が拓也を手招きしてきた。「確認してくれるかしら」とノートパソコンを指すので、拓也はその場で電源を入れて、パスワードを打ちこみ、立ち上げてみた。問題なく作動したので胸を撫で下ろす。

「たしかに俺のものです。中のデータも大丈夫そうです」

胸に抱えこみ「ありがとうございました」と礼を言った。

「見つけたのは私じゃないわ。社員よ」

「じゃあ、その人にあとでお礼を言いたいです」

そんなやり取りをしているあいだ、多恵は項垂《うなだ》れて座ったまま動かなかった。

「母さん」

日比野が声をかけると、多恵がビクッと全身を震わせた。

「どうしてこんなことをしたんだ」

「………」

「いくらお金に困っているからって、人のものを盗っちゃダメだろ。俺のものだけならまだしも、拓也のパソコンを盗るなんて、今度こそ警察沙汰になっていたかもしれないぞ。拓也が被害届を出すつもりはないって言ってくれたから助かったものの――」

「警察に突き出せばいいじゃないの！」

多恵がいきなり両手で顔を覆い、叫びながら泣き出した。びっくりして拓也は立ち尽くす。

「どうせ私なんか邪魔なんでしょ。会社のために長年つくしてきたのに、あっさり捨てたくらいなんだから、刑務所に厄介払いすればいいのよ！」

背中を丸めて泣く多恵に、日比野も呆然としている。夏目が多恵の横に行き、背中を擦《さす》った。

「多恵さん、落ち着いてください」

「私なんかいない方がいいんだわ。だれも私のことを見てくれない。あんな田舎でなにをして過ごせって言うのよ。せめて暇つぶしにお金を増やしてみようと思っただけなのに、どうして全部なくなっちゃうのよ。ヒロヤは会いに来てくれないし、なにもかもうまくいかない。どうしてこんなことになっちゃったの。私が悪いの？　私が、私が――」

「多恵さん」

夏目が懸命に宥めるが、多恵の激情はなかなか鎮まらない。

ヒロヤというのは三年前に社長を降りる原因となったホストだろうか。社会的地位も仕事も収入も、好きになった男も失って、多恵はどれほど孤独だっただろう。

住む家を失い、学歴もなく友達もいなくて、父親と二人きりで放浪していたとき、拓也は自分にはなにもないと思っていたけれど、多恵よりはマシだったのかもしれない。拓也には自分を可愛がってくれる父親がいたし、なにより日比野への想いがあった。

日比野には会うことができなくて、おたがいの近況も知り得なかったが、なにも知らないからこそ夢を抱くことができた。そして、それを昇華する手段としてのＤＴＭに出会ったのも幸運だった。

「多恵さん、場所を移しましょう。社長……いえ、俊輔さんがいないところで、私と二人、ゆっくり話をしましょうか」

「え、ちょっと待って、まだ話が――」

まだ泣き続けている多恵を立ち上がらせた夏目は、引き留めようとした日比野に目配せして社長室を出て行く。拓也と二人きりになると、日比野は「やれやれ」と息を吐きながらソファに腰を下ろした。しばらくテーブルの上のジャガーと腕時計を眺めてから、ちらりと拓也を見上げてくる。

「巻きこんじまって、悪かったな。俺の母親がまさかこんな醜態を晒すなんて……、恥ずかしいよ」

そんなことを言う。拓也はその言い方には眉をひそめた。

「お母さんは、きっと寂しかったんだと思います。田舎暮らしはもうやめた方がいいんじゃないですか。友達とか、お気に入りだった場所とか店とか、そういうの、全部都会にあるんでしょう？　すべてを断ち切らせて田舎暮らしをさせるのは、日比野さんなりのペナルティだったのかもしれないけど、かわいそうだと思いました。もうじゅうぶんじゃないですか？」

　つい感じたことをそのまま言葉にしてしまった。日比野が意外そうな目で見てくるので、慌てて「ごめんなさい」と謝る。

「どうして、おまえが謝るんだ」

「生意気なことを言いました。俺は部外者なのに」

「いや、もう関わっているんだから部外者じゃないだろ」

　日比野は手を伸ばして、ガラス製のジャガーを撫でた。

「そうだよな……ペナルティのつもりじゃなかったが、迷惑をかけられて面倒事を全部背負わされて、俺はあの人に罰を与えたかったんだな……」

　三年間の多恵の処遇について、日比野はひとりごとのようにそう呟いた。自覚がなかったようだ。もしかしたら夏目はわかっていたのかもしれないが、はっきりと言葉では言わなかったのだろう。

　日比野はおもむろに携帯電話を手にして、操作した。どこかに電話をかけている。

「あ、もしもし、俺。母さんの様子はどう？　まだ落ち着かない？」

　相手は夏目のようだ。社内にいるのか外に出たのかは知らないが、まだそれほど時間がたっていないから近くにはいるだろう。

「衝動的になにをするかわからないから、しばらくそばにいてやってくれないかな。それで、今後のことだけど、都内に部屋を用意するよ。生活費はもちろん俺が出すから、どのあたりに住みたいかちょっと聞いておいてくれないか。もちろん、おとなしく暮らすことが条件だ」

いくつか確認事項をやり取りしたあと、日比野は通話を切った。拓也の意見を取り入れてくれたことに、静かな喜びを感じる。

日比野はやっぱり理想的な大人の男の人だと思う。外見が完璧なだけでもすごいのに、柔軟な思考を持ち、優しくて賢くて、愛情が豊かだ。好きになって当然なのだ。

拓也は腕に抱えたノートパソコンをあらためて見つめ、日比野にもう隠しごとはしたくないと思った。すべてを打ち明けた結果、自立できる経済力があると判断されて日比野のマンションを予定より早く出ることになったとしても、それはもう仕方がない。拓也はもう庇護されなければいけない子供ではないし、お金があるなら自立すべきなのだ。

自分が『糸』だと告白することは、すなわち恋心も知られることになる。

失恋したとしても、こればかりはどうしようもない。人の心は思い通りにはならないものだ。

「あの、日比野さん」

「ん？」

「俺、俺……」

決意したのに、いざとなるともじもじしてしまう。

「トイレならここを出て右だぞ」

「ち、ちがいます」

「喉が渇いたか？　飲み物はオフィスの端にコーナーが作ってある。俺が取ってこよう」

「いえ、いまのところ大丈夫です」

「遠慮しなくていいぞ」

「本当に、いまは」

「そうか？　じゃあ、送っていくよ。俺はまたここに戻ってこなくちゃならないかもしれんが……」

ソファから立ち上がろうとしたので、拓也は慌てて「話があります」と言った。ノートパソコンを抱えたまま、決死の覚悟で日比野の目を見る。

「どうした？」

「五分でいいので、時間をください」

いつもと違うなにかを感じたのか、日比野が真顔になった。

◇

急に「五分でいいので」なんて拓也が真剣に言うものだから、日比野は内心ビクついた。悪い話だろうか。まさか盗みを働くような母親を持つ日比野とは、もう同居できないとか――いやいやさっき拓也は母親を擁護する発言をした——実力で社長になったわけではなく棚ボタだったことを知って日比野に失望したとか——いやいや母親から引き継いだことは最初に言った——さすがに抱っこ責めは嫌なのでエスカレートする前に同居を解消したいとか——そんなに嫌だったなら言ってくれれば善処したのに。あくまでも善処であってやめる気はないが——。

冷静を装いながら、日比野はプチパニックに陥っていた。多恵が盗みを働いたと聞いたときよりも動揺している。ぐるぐるぐらぐらしながら必死でカッコつけた微笑みを浮かべた。

「話って、なんだ？」

拓也はキッと目力を強くして、きれいなピンク色をしている唇を開いた。日比野の家に来てから健康的で心穏やかな生活をしているからか、拓也の肌艶は格段によくなった。ますますきれいになって、一分一秒ごとに日比野のハートを鷲掴みにしているのだ。

手放したくない。同居解消は嫌だ。自宅マンションから拓也がいなくなることを想像するだけで泣きそうになる。悪い話なら聞きたくない。でも、こんなに真剣に「話がある」なんて言われたら、大人としては拒めないではないか。

「あの、俺、じつは……貯金があるんです」

そっちか。金の話か。

とうとう拓也が持っている金の出所が判明するのか。

本音を言えば聞きたくない、知りたくない部類の話になるが、拓也が打ち明ける気持ちになったのなら受け止めなければならない。

璃々太が想像したような最悪の理由だったとしても、日比野は責めないつもりだった。どれほどの嫉妬心に焼かれても、それほどの状況に追い詰めてしまった大人の責任であり、今後は二度とそんな手段に出なくとも金に困らないようにしてあげればいいのだ。

日比野は覚悟を決めて、目線で先を促す。拓也は緊張した面持ちで、口を開いた。

「俺……ＤＴＭの『糸』なんです」

「…………ん？」

思っていたのとちがった。

いと？　イト？　糸？　ＤＴＭの『糸』って、あの『糸』？

ちょっと待て、どゆこと？

「いままで黙っていてごめんなさい」

拓也はペコリと頭を下げた。そして抱えていたノートパソコンをテーブルに置く。

「この中には『糸』として制作した楽曲のすべてが入っていて、バックアップを怠っていたので、なくなると本当に困ったことになるところでした。だから、見つかってよかったです」

無理に口元だけで笑みを作り、拓也は「それで」と続ける。

「去年あたりから、『糸』として収入があるようになって、俺、すこしお金を持っています。母さんから送金があるっていうのは、嘘です。母さんがいまどこでなにをしているのか、ぜんぜん知りません。でも俺がお金を稼げていると知ると、父さんがますます働かなくなるんじゃないかと思って、ずっと嘘をついていました。それに、母さんが元アイドルだったことから、俺がそっち関係で稼いでいることを知ったら父さんは嫌がるかな……とも思って、ＤＴＭをやっていること事態を隠していました」

「そ、そう……だったのか……」

現状がまだ把握できず、日比野はとぼけた相槌《あいづち》しか打てない。

「いまの貯金は父さんの入院費がギリ払えるくらいなんですけど、今後もたぶん収入は途絶えないと思います。だから、本当は日比野さんの援助を受けなくても――あの、たぶん今後あたらしく賃貸アパートを借りるときに保証人とかでお世話になる可能性は高いんですけど――父子二人で生活していけるだけのお金は、なんとかなると思います」

日比野が聞きたくない方向へと話が進みそうになり、制止したくなった。お金なんかいくらでも出すから、気にしなくていいから、稼いだ金は取っておきなさいと喉元まで出かかる。

「父さんが倒れたとき、日比野さんが『俺んちに来い』って言ってくれて、すごく嬉しかったです。父さんが病気で入院なんてはじめてで心細かったから、お金があることを秘密にして、居候させてもらうことにしました。ごめんなさい」

拓也が座ったまま深々と頭を下げる。

そうか、そういうことだったのか。拓也は売春なんてしていなかった。自分が制作した楽曲が、金になっていたのだ。拓也が楽器を演奏したり歌ったりしているところを見たことがなかったので、パソコンで楽曲制作をしているなんて、思ってもいなかった。

「建人はそれを知っているんだな？　だからパソコンが盗まれたと知ったとき——」

「はい。俺がうっかりパソコンを開いたままにしていて、松田さんに見られてしまいました。それで、だれにも言わないで、内緒にしていてほしいと頼みました」

拓也が松田とだけ秘密を共有している雰囲気が不愉快だったが、そういう事情だったのか。

『糸』の楽曲は人気がある。いま本人が言ったように、今後もたぶん収入は続くだろう。大ヒットすれば億単位の収入に結びつくかもしれない世界だ。たしかに璃々太に知られたら、面倒なことになるかもしれない。

「もしかして、『糸』というのは本名の伊藤から取ったのか？」

「そうです」

安易ですよね、と拓也は恥ずかしそうに俯く。オヤジ心をくすぐる表情に懲りもせずトキメキ、ふと『糸』の楽曲を思い出した。

片想いの切なさを、みずみずしい感性でメロディと歌詞に表現しているところが十代から二十代の若者たちに刺さった。最近は作風が変わり、恋が成就したと思われる幸せそうな曲になった。

日比野は実際に恋をしている若い女の子が作っているのだと思いこんでいた。それくらいリアルだし、聴く者の心に響く曲だったからだ。

「え、ちょっと待て」

リアル？　実際に恋をしている？

「まさか……」

拓也は恋をしているのか？　いったいだれに？

日比野は不意にこみあげてきた焦燥感に、黙っていられなくてストレートに聞いてしまった。

「おまえ、だれか、好きな人がいるのか？」

え、と拓也は目を丸くして日比野を見た。ブルーグレーのきれいな瞳に日比野がうつる。

この瞳がだれか一人だけを見つめ、長いこと恋い焦がれていたのかと思うと、どうしようもない焦りに包まれた。

「好きな人がいないと、あんな詩は書けないだろう？　俺は『糸』の曲をほとんど聴いたが、どれもリアルで、けれどどこか夢見る感じもあって、片想い感は切ないし――」

そうだ、両想いになったのではないか。

ずっと日比野のマンションにいたはずなのに、璃々太の見舞いくらいしか外出していないというのに、いったいいつどこで両想いになれる機会があったというのだ。すべてが空想の産物だとは思えない。あれは現実の世界をちゃんと生きている人間の言葉であり、旋律だろう。

「好きな人なら、いますよ」

拓也の白い頬が、ほんのりとピンク色になった。こんな顔をさせるだれかがいるなんて！

「ずっと、好きです」

「ず、ずっと？」

「あとにもさきにも、好きになったのは、その人だけです」

「え……」

ガーン、と頭を殴られたようなショックに、日比野は愕然とした。

知らなかった。拓也にそんなにも好きな人がいたなんて。そういえば、いっしょに暮らしはじめてもうすぐ一カ月になるというのに、恋バナをしたことがない。

「俺は中学くらいからその人のことが好きでした。でも、告白するとか付き合うとか、考えられないくらいに存在が遠い人だったから、十五でＤＴＭを知ってから、体の中にくすぶる想いを吐き出したくて、曲を作っただけなんです。だからそれが知らない人たちのあいだで話題になって、しだいに世間に『糸』の曲が広まっていって、すごく不思議な感じがしました」

「……その人のことが、すごく好きなんだな……」

いったいだれだ、その幸福な人間は。拓也の心を支配している超絶ラッキーな人間はどこのだれだ。ろくでもない女だったら許さない。拓也はきっと璃々太みたいに純真なところがあるから、見かけだけの女に引っかかって不幸になりかねない。

「その、好きな人っていうのは、同級生とか、バイト先で知り合った人とか、そんな感じか？」

「それ、本気で言ってます？」

ちょっと棘《とげ》があるような口調に、日比野はなにかマズいことを言ったのかとうろたえた。

「え、ごめん？」

拓也がムッとしたように唇を尖らせる。不機嫌にさせたのは日比野なのに、そんな顔も可愛い。

「日比野さんも『糸』の曲を聴いたんですよね？」

「何度も聴いた」

「なにか気づいたことはありませんでしたか」

「え？」

「マンゴータルトとか、わりとヒントになるようなワードが散りばめられていたと思うんですけど」

「ああ、マンゴータルトの曲は可愛かったな。あれは――……え？」

マンゴータルト。日比野が拓也に食べさせたくて買って帰ったタルトだ。拓也は嬉しそうに食べてくれた。その数日後にアップロードされていた『糸』の新曲のタイトルが『マンゴーのタルト』だった。黄色いマンゴーは幸せの色だと……いまはそばにいてくれる彼が自分のために買ってきてくれて、とても幸福だという歌詞が、甘く切ないメロディに乗って耳に届いた。

日比野が買ってきたマンゴータルトを、拓也は楽曲にしたのか。幸せの色、マンゴーはまるで幸福の象徴のようだと合成ボイスが歌っていた。

「まだわかりませんか」

「あ、え……？」

「俺が作った『糸』の歌は、ぜんぶリアルです」

すこし怒ったような口調で、拓也がそう言う。

「リアル……」

つまり、現実？

「俺はずっと片想いをしていました。それは変わりませんけど、好きな人といっしょに暮らせるようになって、毎日がとても楽しくて、幸せで、それで、『糸』としての曲もそんな感じになって」

拓也が視線を落としながら、どんどん顔を赤らめていく。

ちょっと待て。マジで？　いやいや、そんなわけが。

拓也がいまいっしょに暮らしているのは日比野だ。『糸』の作風が変わったのは、日比野の自宅に拓也が来たあとではあるが――。

「日比野さんって、かなり鈍感ですよね」

潤んだ瞳でじろりと恨めしげに見られ、ズキュンととどめ（？）の一撃が心臓を貫いた。

カーッと全身が熱くなり急に汗が吹き出してきて、あわあわと意味もなく両手を上げ下げする。

「いや、あの、その」

突然のことに、うまく反応できない。

「あの、え？　リアルって、そういう意味で？　マジで？」

可愛い可愛い可愛い拓也が、自分のことを好いてくれている、という？

そんな都合のいい展開があったのか。この世に。

嬉しい。ただただ嬉しい。嬉しすぎて顔がニヤける。みっともない表情になりそうで、日比野は両手で顔を覆い、俯いた。そして深呼吸。落ち着け、落ち着け俺。

「……すみません、帰ります」

「え？」

拓也がスッと立ち上がった。ノートパソコンを抱えて社長室を出て行こうとする。

「待て、待て待て！」

なぜここで帰るのか。話は一番大切なところにきている。

日比野は慌てて追いかけ、ドアを開けたところを捕まえた。強引に閉じて、行かせまいと日比野がドアを背にして立つ。

「待ってくれ、まだ聞きたいことがある。ぜんぶリアルっていう、その、好きな人についての解釈に齟齬《そご》がないか、すりあわせをしないと」

ね？　と顔を覗きこめば、拓也はいまにも泣きそうな涙目になっていた。恥ずかしがっている感じではない。ものすごく悲しそうだ。

ひぃ、と日比野は心の中で悲鳴を上げた。ここは泣く場面ではない。なにか余計な発言をしただろうか。それとも態度か。驚きすぎて即座に気の利いたことを言えなかったのは事実だが。

「た、拓也？　あの、拓也くん？」

どうしていいかわからずにオロオロしているあいだに、ぽろりと大粒の涙がこぼれ落ちた。ギャーッと声にならない絶叫をしてしまう。状況的に、泣かせたのは日比野以外にあり得ない。

「どうして泣くんだ？　俺、なにかしたか？　鈍いのは申し訳ない。びっくりして……」

「振られたら、悲しくて泣くのは当然だと、思います」

ひっく、としゃくり上げながら拓也が自棄《やけ》になった口調で言い捨てる。

「振られた？　え？　だれに？」

「日比野さんですっ」

「えーっ？」

こんどは本当に声が出た。抑えられなかった。全身にドッと冷や汗が滲み、膝から力が抜けそうになる。

「ちょ、ちょっと待って、俺が、拓也を振った？　え？　いつ？　振ってないだろ。そういうこと言ってない。そんな言葉、記憶にない」

「でも、いまため息をついたじゃないですか。困ったような顔でっ」

「いやいや、それため息じゃないから。落ち着こうとして深呼吸しただけだから」

「深呼吸？」

「そう、深呼吸。あまりにも嬉しくて、狂喜乱舞しちゃいそうだったから、ひとまず落ち着こうと思って深呼吸しただけだから！　絶対に振ってない！　好きな子がもしかしたら俺のこと好きかもしれないってわかったのに、その場で振るわけないだろう！」

　力いっぱい主張したら、拓也が目を真ん丸にして日比野を見てきた。

「え……嬉しくて……？」

「そう」

「す、好きな子……って……」

「おまえだよ」

　うそ、と拓也の唇が動く。可愛いなあ、と思いながら、日比野は拓也を抱き寄せた。二人の腹のあいだにはノートパソコンが挟まっているが仕方がない。

「おまえの長年の片想いの相手って、俺？」

「……はい……」

　なにこの幸せ感。拓也の髪に顔を寄せて、肺いっぱいに拓也の体臭を吸いこんだ。

「それ、すごく嬉しい。ありがとう。会わなかった期間はともかく、いっしょに暮らしていたのに気づかなくてごめんな」

「……いえ……」

　緩く抱きしめた拓也は、まだ呆然としたままだ。そのピンクの唇にキスをしたい。いいかな、いいよな？　怖がらせないように、ゆっくりと顔を近づける。

　この子は、俺のものだ。

触れるだけのキスに、日比野は胸をじんと痺れさせた。その直後、拓也の手から、するっとノートパソコンが落ちた。ゴン、と日比野の足の上に落ちる。

「ってーっ！」

社長室の外にまで響くほどの悲鳴が上がった。

◇

「あの、本当に足は大丈夫ですか？」

若干、右足を引きずっているように見えて、拓也は日比野の背中に声をかける。振り返ることなく、日比野は「大丈夫」と答えた。

マンションの地下駐車場で車を下りてから、日比野は拓也の手を離さない。繋いだままぐいぐいとエレベーターへ向かい、小さな箱に入ると無言で上階のボタンを押した。

日比野と繋いだ右手が熱い。手汗がひどいことになっていそうで、拓也は心配だった。左手はノートパソコンを抱えているので、両手が塞がった状態でいる。どんな表情をすればいいのか、どういう態度を取ればいいのかわからなくて、冷静になるためにいったん日比野と距離を置きたいが、それはかないそうもない。

ほんの三十分ほど前、日比野プロダクションの社長室でキスをされた。

片想いをこじらせたあまり白昼夢でも見たのかと、夢のようで現実味がないけれど、たぶん本当にキスされている。だって唇に感触が残っているから。

　生まれてはじめてのキスだった。想像していたよりもずっと日比野の唇は柔らかくて、渇いていてサラッとしていた。

　でもいきなりだったので呆然としすぎて、抱えていたノートパソコンを落としてしまった。二人の腹のあいだに挟まっていたので、それほど落下速度はなかったと思う。けれど日比野は夏用の薄い生地のデッキシューズを履いていたから、痛かっただろう。彼は悲鳴を上げた。

　すぐに「ごめんなさい」と謝った。日比野の足に落ちたのは偶然で、誓って故意ではない。
けれど日比野はしゃがみこみ痛みに呻きながら、「ＴＰＯ《ティー・ピー・オー》をわきまえない俺が悪い」とバツが悪そうな顔をした。

　その後、日比野の悲鳴を聞きつけて「どうかしましたか」と社員が社長室に来たときは、拓也の方が悲鳴を上げそうになった。キスしたばかりの顔を他人に見られるなんて、とんでもない事態だと思った。経験のない拓也は耐えられそうになく、「やっぱり帰ります」と言い出したら、日比野が「じゃあ送っていく」と手を繋いできたのだ。

　その後、会社の駐車場までずっと手は繋がれたままで、運転していたあいだだけ離してくれていた。

　日比野がどんな表情で手を繋ぎ、運転し、またいまも手を繋いでいるのか、拓也はドキドキしすぎて見られない。自分の足下に視線を落とし、もつれそうになる足をなんとか動かして、転ばないように歩くだけで精一杯だった。

　エレベーターを下り、日比野が玄関ドアの鍵を開け、二人で中に入る。

　ホッとしたと同時に、拓也はべつの緊張感に包まれた。他人の視線を気にしなくてよくなったことには安堵するが、社長室を出てからほとんどしゃべらなかった日比野がなにを言うか怖い。

　さっきのキスは雰囲気にのまれて勢いでしただけだからなかったことにしてくれとか、じつは足が猛烈に痛い、骨が折れているかもしれないとか、拓也のことは嫌いではないがじつは男はダメだとか、父親の顔がチラつくからやっぱり無理とか、『糸』であることを内緒にしていたなんて信頼してくれていなかったのかとか。

　ネガティブな展開がつぎからつぎへと頭に浮かび上がってくる。考えすぎて気分が悪くなりそうだ。

　なぜか日比野は玄関に立ち尽くして動かない。手は繋いだままだ。靴を脱いで上がってもいいのかどうか、拓也は勇気を出してそっと顔色を窺った。日比野はじっと前方を睨むようにしている。怒っているような表情だが、顔と耳がほんのり赤い。

　ゴホン、と日比野が空咳をした。

「と、とりあえず、話をしようか」

「あ、はい」

　のろのろと二人でそれぞれ靴を脱ぎ、廊下を歩く。リビングのソファに二人並んで座った。拓也はパソコンをテーブルに置く。落としたあとに起動して異常がないか確かめていないが、それどころではない。コッチの方が大切だ。

繋いだ手はやっぱり手汗でぬるついた。気になる。一度離してもらえないだろうか。拭くか洗うかしたい。汚いからという理由ではなく、手汗が恥ずかしい。

「……拓也。もう一度、確認させてほしい」

日比野がおそるおそるといった感じで聞いてきた。

「俺のこと、好きなのって本当か」

「……ほ、本当、です」

やっぱり無理と言われたら悲しい。日比野に比べて子供すぎるし、男だし。

「俺のことを想って、曲を書いていたんだな」

「そうです。『糸』として作った曲は、すべて、日比野さんへの気持ちです……」

羞恥が膨れあがってきて背中を丸める。冷静に考えれば、キモいのではないだろうか。恋心を歌にして投稿サイトにアップするなんて行為は。

でもどこかに吐き出す場所がなければ、気持ちに押し潰されて腐ってしまいそうだったのだ。拓也にはどうしても必要な行為だった。学校には行かず、友達もいなくて、アルバイトはなかなか続かなくて、しまいには住処もなくして、父親と二人きりで放浪していた。ＤＴＭが拓也の癒しであり、支えであり、逃げ場だった。

だからなかったことにはできない。日比野には、そこは否定しないでほしい。

「俺は『糸』の曲が好きだ」

「え……」

「ほとんど聴いたと言っただろう。きっかけは、ウチの若手の社員たちが話題にしていたから聴いてみたというところだが、ぜんぶすごくよかった。人気が出るのは当然だと思ったよ。歌詞はわかりやすくてストレートで、でもありふれた感じはしないし、メロディは切なくて耳に残るものだ。てっきり制作者は若い女の子だと思っていたんだ。まさか十九歳の男だったとは」

「……キモいですよね。ごめんなさい」

「え？　キモい？　俺、そんなことひとことも言っていないだろ。いま褒めたんだぞ。ちゃんと聞いてるか？　拓也が俺を恋しく想いながら作ってくれた曲だと知って、すごく嬉しいんだけど」

　繋いだ手をぎゅうっと握られて、手だけでなく胸も鷲掴みにされた感じがして涙が出そうになった。

「おまえ、わかってるか？　これってとんでもないことなんだぞ。軽い気持ちでやりはじめたんだろうが、何百万回、何千万回も再生されて、たくさんの人に聴かれている。書き込みサイトには、共感する、感動した、もっと聴きたいっていうコメントが溢れている。おまえは曲作りの才能があったんだ。凄いな！」

　日比野に感心されて、拓也は素直に嬉しかった。

「おまえが『糸』であることを隠してきた理由は、理解できる。璃々太の性格とかもあるし、周囲の人にバレたら面倒だとか、その、片想いの相手を詮索されて、俺に知られたらとか、いろいろと考えたんだろう。どこの事務所にも所属せず、今後も一人で対応していくつもりなら、俺は否定しない。でも困ったことがあったら、俺になんでも相談してくれ。これでも業界人だから、アドバイスはできると思う」

「ありがとう、ございます」

上辺《うわべ》だけでなく本心から日比野がそう言ってくれていることが伝わってくるから、拓也は笑顔で感謝できる。

「拓也、俺もおまえのことが好きだ」

日比野が至近距離で見つめてきた。手が離れた、と思ったら、日比野の両腕が拓也の背中に回されていた。キュッと抱きしめられる。

「俺のこと、好きになってくれてありがとう」

「日比野さん……」

「できれば、その、今後は恋人になってほしいんだが」

こんな幸運があっていいのだろうか。夢の中のようで信じられないが、抱きしめられた感触はリアルだ。密着した体からは、ほのかに汗の匂いもする。日比野の匂いを、拓也は胸いっぱいに吸った。いままで何度想像しただろう。気持ちを伝え合って、こんなふうに抱きしめ合って、これからの話をするなんて。

想像よりも何倍も幸せで、そして日比野の肉体にときめいた。拓也よりも体格のいい日比野に抱きしめられると、包みこまれるような安心感があった。がっしりとした筋肉は厚みがあり、発熱しているように感じた。

「俺、男だけどいいの？」

「言ってなかったか、俺はそもそもバイだ。男女どちらとも付き合ったことがある」

　知らなかった。日比野は十六歳も年上の大人なのだから過去にはいろいろとあったのは当然だろうが、そこまでは想像していなかった。

「申し訳ないが、俺がおまえを意識しはじめたのは、再会してからのここ一カ月だ。ひさしぶりに会ってみたら、もう子供じゃなくなっていて、きれいになったと思った」

「きれい？」

「きれいだ。ちょっとした仕草や表情の変化とかは可愛いし……とにかく目が離せなくて。俺のために気を配っていろいろとしてくれるところもいい。あのどうしようもない父親の璃々太を大切にしているところもいいし、境遇を嘆くことをせず、変に歪むこともなく、一人で凛《りん》と立っている姿が潔くていい。おまえのぜんぶが俺の、なんていうか、胸の奥のなにかをくすぐるんだよな。いつの間にか俺の中は拓也でいっぱいになっていた」

　そっと体を離し、日比野が顔を寄せてくる。鼻先が触れ合うくらいの距離でじっと見られて、恥ずかしくなって目を閉じた。すると唇に柔らかなものが重なってくる。日比野の唇だった。二度目のキスも唐突に奪われてしまい、浸る間もない。

「これでも葛藤したんだ。おまえは璃々太の息子だし、俺は三十代半ばのオッサンだ。十九歳の若者からしたら年寄りだろ」

「日比野さんは年寄りなんかじゃありません。カッコいい大人の男の人です」

きっぱりと言い切ったら、日比野が「ありがと」と照れたように笑った。

日比野も年齢を気にしていたと知り、自分とおなじようなことで悩むのだと安心した。

「おまえは男が恋愛対象なのか？」

「俺は、その……女の子には興味なくて……」

「そうか」

うなじに手を当てられて、髪をかき上げるようにして撫でられた。ぞくぞくとしたなにかが背筋を走る。変な声が出そうになり、慌てて奥歯を噛みしめた。

「いままで、だれかと付き合ったことはあるのか？」

「ない、です」

「一人も？」

「一人も、ないです」

「じゃあ……」

日比野が耳元に口を寄せてきた。「キスしたことは？」と内緒話のように囁き声で聞いてくる。

「……なかった、です」

「俺がはじめて？」

「……はい」

嘘をついても仕方がないので、拓也は正直に頷いた。日比野は「そうか……俺はラッキーだ」と笑みまじりに呟き、親指で拓也の唇をなぞってくる。日比野の唇が重なったところ。指で触れられて、ぞくぞくとしたなにかが尾てい骨のあたりから背筋を這《は》い上がってきた。

日比野の顔がじわりと近づいてきて、カッコよすぎる顔に我慢できなくて、拓也はとっさに目を閉じる。それがすべてを受け入れているように見えるかもしれないなんて、冷静に分析できるわけもなく、当然のように重なってきた唇に口を塞がれた。

ちゅ、と唇を吸われ、「あっ」と思わず声を上げる。開いた唇の隙間に、日比野の舌が入りこんできた。慌てて押し返そうとしたら絡んできて、ぬるぬると擦り合う形になってしまう。

（ベロが、なんで、こんな、ベロが……）

気持ちいい。舌と舌を擦り合わせているだけなのに、気持ちいい。ぬるぬる感に夢中になって、拓也は無意識のうちに舌を差し出していた。舌の裏側も、歯茎もぬるぬると舐《な》められる。

上顎を舐められて、ビクンと腰を揺らしてしまった。自分でもわけのわからない反応すぎて、ハッと我に返る。顔を離したら、日比野の目が怖いくらい真剣に拓也を見つめていた。

「拓也」

「……はい……」

「おまえのぜんぶ、もらってもいいか」

「ぜ、ぜんぶ？」

それってなに。なんのこと？　わからないが返事は決まっている。

「あの、俺、日比野さんにぜんぶもらってもらえるんですか？」

なぜか日比野が「うっ」と喉を詰まらせたように呻く。

「日比野さんにもらってもらえるなら、嬉しいです」

「おまえ、意味わかってないだろ」

「え？」

「ぜんぶ食べちゃうぞ、って言ってんだよ。男はみんなオオカミだってことくらい、経験なくても知ってるんじゃないのか」

つまり――そういう意味でぜんぶ食べられちゃう、ということか。

カーッと顔が熱くなった。さっきのキスだけでも大人ってエロいと思ったのに、もっとすごいことをアレコレとされてしまうのか。

「でも、あの、俺、美味しいかどうか、わかりません」

「まちがいなく美味いだろうから、そこのところは気にするな」

「でも、不慣れで」

「経験がないんだろ。童貞処女とするのははじめてだが、優しくする」

童貞処女というパワーワードに頭がくらくらした。たしかに、そうだ。

「じゃあ、あの、日比野さんがよければ、俺は、その」

「もらうぞ」

「もらってください」

言った直後に、拓也はひょいと抱き上げられた。日比野の手によって洗面所に運ばれる。体格差があるとはいえ、まったく危なげない足取りに驚く。

「まずシャワーを浴びよう」

床に下ろされ、拓也は服を脱がされた。羞恥を感じる暇もなく、目の前で日比野も服を脱ぐ。焦って視線を下に向けた。靴下を脱いだ日比野の足が見え、右足の甲がうっすらと赤くなっているのを発見する。

「日比野さん、それ、さっき俺のパソコンが落ちたところじゃないですか？」

「そうだろうな」

「骨にヒビとか……」

「もうたいして痛くないから、気にするな」

「でも」

「いいから。いまはそれどころじゃないだろ」

注目していた足から下着が抜かれるのを目撃した。たぶん日比野は一糸まとわぬ姿になっているはず。直視するのが怖くて、見ないように視線をそろそろと動かし、拓也は壁に目を向けた。

「いっしょに、入るんですか……？」

「嫌か？」

「いえ、その、恥ずかしいです……」

横を向いてもじもじしていたら、「煽《あお》るなよ」と不機嫌そうに呟かれた。ヒヤッとして身を竦めれば、裸の体に抱き寄せられる。

「これでも我慢しているんだ。ほら」

素肌と素肌が触れ合ってドキッとした拓也は、腰のあたりに押しつけられた固くて熱いものに息を飲んだ。まさか、まさかコレ――。

見て確かめるのが怖くて、きつく目を閉じる。チュッと頬にキスをされた。

「もう拓也がほしくてたまらなくなっている。まるで十代の若造みたいで恥ずかしいが、本当に好きなヤツの前ではこんなもんだと、ひさしぶりに実感しているところだ」

本当に好きなヤツ。ここには日比野と拓也の二人しかいない。それが自分だと誤解しようがない状況で、嬉しさのあまりまたもや涙目になってくる。

「拓也、おまえは本当に可愛いな」

頬に軽くキスを落とされた。

「これから俺がなにをしても、怒らないでくれよ」

「日比野さんになら、なにをされてもいいです」

「よく言った。男に二言はないな」

「はい」

大好きな人と、これからセックスするのだ。日比野は拓也のぜんぶをもらってくれると言った。経験は皆無で、ろくな知識もないとわかったうえでそう言ったのだ。きっと一から教えてくれる。

日比野に全幅の信頼を置いている拓也は、一点の曇りもない気持ちで身を委ねた。

けれど、そのわずか五分後、拓也は風呂場で「やめて、もういや、日比野さんのバカ！」と泣きわめくことになる。全身をボディソープで洗い合うのは楽しかった。気恥ずかしくてくすぐったくて、何度もキスをしてキャッキャしながら泡をシャワーで流した。

その後、拓也は壁に手を突いて日比野に背中を向けるように立たされた。まさか尻を洗われるとは思ってもいなかった。

「暴れるな。なにをしても怒るなと前置きしただろうが」

「こんなことだなんて、知らなかったっ」

「いま知っただろ。ほら、おとなしく、ちゃんと立っていろ」

「やだやだやだっ」

「そういう可愛い顔をするな。指じゃないものをすぐにでも突っこみたくなるだろうが。解《ほぐ》さないとケガをする」

日比野のセリフにぎくっと拓也は抵抗をやめる。日比野の性器はずっと勃起《ぼっき》した状態を保っていて、どうやっても拓也の視界にちらちらと入ってきていた。成人男性の勃起時の平均的なサイズというものを知らない拓也だが、日比野のそれは大きい方に分類されるのではないだろうか。

あれをいきなり突っこまれたら自分の尻が大変なことになるかもしれない、ということくらい、セックスの知識がなくとも想像できる。

「男同士のセックスは無理に挿入しなくてもいいんだが、俺はやりたい。おまえと繋がりたい。コレを、おまえの中に入れたいんだ」

背後から覆い被《かぶ》さってきた日比野が、臀部《でんぶ》に固く勃起したものをゴリッと押しつけてきた。

拓也も日比野と繋がりたい、身も心もひとつになりたいと思う。

「そう、いい子だ。おとなしくしていてくれ」

拓也は目を閉じて、全身の力を抜いた。

ボディソープをまとった指が体内に入ってくる。それだけでなく、ぐちゅぐちゅと抜き差しされた。

最初は気持ち悪くて、逃げたくなる気持ちを抑えることで精一杯だった。けれどゆっくりと粘膜を擦られ、指が二本に増やされたころには、異物感に慣れてくる。

「上手だな、拓也。柔らかくなってきた」

褒め言葉を囁かれ、勇気づけられた。

「でも俺のムスコはこれより太いぞ。三本にしていいか？」

はい、と頷いた。三本の指はキツく感じたが、日比野の言うとおりに柔らかくなってきていたそこは、なんとか受け入れることができた。

「んー……拓也のいいところはどこかな。この辺だと思うんだが……」

「あんっ」

腹側の粘膜を探るように撫でられ、変な声が出てしまうポイントがあった。確かめるように、日比野の指がそこをぐいっと押す。はっきりと快感が沸き起こった。拓也の性器が急に熱くなり、半ば勃起してきた。あらたな羞恥が膨れあがる。尻を弄《いじ》られて勃つなんて、体がおかしくなってしまったとしか思えなかった。

「ああっ、やだっ」

「よしよし、ここだな」

嫌だと言っているのに、日比野はかまわずにそこを指で突いてくる。またたく間に完全に勃起してしまい、足が震えてきた。拓也は変な声を出したくなくて唇を噛む。

「拓也、声を抑えるな。全身が力んで、ここが緩まないだろ」

そう注意されては声を我慢できなくなる。

「あ、あっ、そこ、いやっ」

「いやじゃない、いやじゃない」

「日比野さ、やめ、もう、俺……」

射精感が募ってきて、苦しくなった。勃起した性器を思いきり擦り上げたい衝動に襲われる。

「よし、終わり」

唐突に、ぬるりと指が体内から去っていった。シャワーをそこに当てられ、ボディソープをきれいに流される。快感を与えられたうえで中途半端に放置され、拓也は風呂場の床にへたりこみそうになった。

大判のバスタオルにくるまれて、また抱き上げられた。日比野は腰にタオルを巻いただけでびしょ濡れのままだったが気にする様子もなく、足で乱暴にドアを開け、スタスタと寝室へ歩いていく。ベッドに下ろされて、拓也はバスタオルの中で体を小さくした。

はじめて入った日比野の寝室を観察する余裕などない。ベッドサイドの引き出しから日比野が取り出したボトルに目が行った。

「専用の潤滑剤がないから、今日はこのボディオイルで我慢してくれ。次までには用意しておく」

そう言うなり、日比野がベッドに上がってきた。バスタオルを剝がされ、組み敷かれる。唇を唇で塞がれた。入ってきた舌に、今度は驚かなかった。けれど慣れたわけではない。おずおずと差し出した舌をきつく吸われ、ぬるりと絡められて、されるがままになった。

口腔《こうこう》内のあらゆるところを舐められる。どこをどうされても気持ちいい。口の中はこんなに感じると教えられたばかりだ。夢中になって両腕を日比野の首に回していた。

「俺のキス、気に入ってくれたみたいだな。目がとろんってしてる」

目を細めて笑う日比野に尋ねられ、返事をしようとしてまともに舌が回らないことに気づく。痺れたように感覚がなくなっている。

「キス、好きになった？」

「す、すき、れす……」

「はは、可愛いなぁ」

日比野だって蕩けそうな笑顔になっている。チュチュと顔中にキスの雨を降らせた日比野は、首筋にも唇を押し当て、鎖骨にも吸いついた。

「ここは、どう？」

胸の突起を指で弄られた。ツキンとした痛みのようなものは感じたが、よくわからない。だから正直にそう言った。

「ちょっと、痛い、かも」

「そうか。なにも感じないよりいい。そのうちここだけでイケるように躾《しつ》けてやるからな」

乳首だけで？　そんなあり得そうにないことを平然と日比野は言う。

「俺、女の子じゃない……」

「おっぱいの感度は、男も女も関係ないんだよ。丁寧に育てれば、ちゃんとよくなる。そのうちわかるから。わからせてやるから」

ふふん、と日比野は笑い、軽い挨拶みたいに両方の乳首にキスをした。そのまま顔を下げていき、おへそをペロリと舐める。そして――。

「あっ……待って」

勃起した性器を間近で凝視された。めちゃくちゃ恥ずかしいのに、萎えない。むしろ体は喜んでいるのか、真っ赤に腫れた先端から、とろりと露がこぼれた。

「み、見ないで、くださいっ」

「どうして。こんなにきれいなペニス、見なきゃ損でしょ。拓也らしいフォルムの美人さんだ」

「俺らしいって、どういう意味ですか」

「細くていかにも初々しい感じがして、ぜんぜん男臭くない。風呂場でチラ見したとき、もっとじっくり見たいって思ったんだよ。ここの毛、髪とおなじ色だな」

日比野の息がかかる。アンダーヘアを指で梳《す》くようにされ、拓也はぐっと奥歯を噛みしめた。そんなささいなことにも感じて、声が出てしまいそうだ。

「ひっ」

性器を摑まれた。日比野の頭がそこに沈んでいく。温かなぬめりに先端が包まれた。口腔に含まれた、と認識したと同時に、蕩けるような快感に襲われる。

「ああっ、あっ、ひび、の、さ、やめ、出ちゃ、出、ああっ」

突き上げてくるような快感に、あっという間にカウントダウンがはじまってしまう。

「ダメ、やめて、出るからっ」

日比野の頭を引き剥がそうにも、手にも足にも力が入らない。愛撫《あいぶ》は緩むどころか、さあ出せと言わんばかりに容赦なく舌を使われて、泣きながら達した。

「は、ぁ、あ、あーっ」

びくびくと腰を震わせながら、拓也は日比野の口の中にすべてを出してしまう。早すぎる。これは早漏とかのレベルではないくらい早いのでは、と拓也はプチパニックに陥った。日比野に呆れられたらどうしよう、と悲観的になりかけたが、最後に吸い出すように残滓《ざんし》をすすられてそれどころではなく、「やあんっ」と恥ずかしい声を上げてしまった。

ぐったりと四肢を投げ出した拓也に、日比野が「美味かった」とペロリと舌を出す。上機嫌のようだ。拓也が早漏だろうとなんだろうと、日比野はぜんぜん気にしないのかもしれない。

「おまえのイクときの声、すごくいいな。もっと聞きたい」

はじめての激しい快感やらなにやらで呆然としている拓也に、つぎはこっち、と言いながら日比野は両足を大きく広げさせてくる。ボディオイルを垂らした指で尻の谷間を探られた。

「あ、あっ」

風呂場で解されていたせいか、指はぬるりと抵抗なく入ってくる。すぐに指は二本に増やされ、粘膜を擦られた。

「痛くないか？」

「ない、です。でも、あの、あっ……」

日比野の指が体内の一点をぐっと押した。ビクンと腰が勝手に飛び上がる。一度射精して冷めかけていた熱が一気に復活して、性器がふたたび勃ち上がってくるのがわかった。

指が三本になり、感じるところをさらに突かれる。

「ああ、ああ、ああっ、やあっ」

気持ちいい。喘《あえ》ぎ声が止まらない。拓也は完全に後ろで快感を得ていた。

「あー、いい感じになってきた。柔らかい。拓也、俺もそろそろ我慢の限界なんだが、いいか？」

日比野が申し訳なさそうな表情で、裸の胸を重ねてくる。どくどくと響いている鼓動がどちらのものなのかわからない。いよいよひとつになるのだと思うと怖いけれど、期待の方が大きかった。

もう何年も好きだった。会えなくても、望みなどなくても想いはなくならなかった。こんなふうに抱いてもらえる日が来るなんて、欠片ほども想像していなかった。

「それでもうひとつ、謝らなきゃならないことがある。ゴムの用意がない。ごめんな。最近、こういうことから遠ざかっていたから、買い置きがなくて」

「ゴム……」

コンドームのことだろうか。男同士なのに避妊具が必要なのかと首を傾げた拓也に、日比野が「まあ、いいか」と笑った。

「たぶん中出ししちゃうから、後始末は俺が責任を持つ。いいな？」

「あ、はい」

なんの疑いも抱かずに頷いた。日比野は一瞬、愁《うれ》いを帯びた顔になる。「まるで騙している気分だ」と呟いたように聞こえたが、なんのことだろうか。

「後始末だけじゃなく、なにからなにまでぜんぶ責任を取る覚悟だから、おまえは俺に安心して身を任せろよ」

頼もしいことを言い切ってくれた日比野に、拓也は心の中で「大好き」とくりかえした。

日比野を信じていないわけではないが、拓也は永遠の愛なんてあるのかな、と懐疑的だ。両親が離婚しているせいかもしれない。だから、たとえ一度きりの気まぐれで終わってもいいと思っている。好きな人と抱き合えた喜びは、一生忘れない。日比野がいま拓也を好きだと思っているのは嘘ではないだろうから。

「日比野さん、もらって、俺のぜんぶ、もらってください」

「もらってやるよ」

笑ってそう言った日比野は、痺れるほどにカッコよかった。

指が抜かれたところに、もっと太くて熱いものがあてがわれる。ゆっくり、ゆっくり、時間をかけて日比野は拓也の中に入ってきた。風呂場に行く前から勃起していた日比野にとったら、とんでもない苦行だったと思う。けれど拓也の体を思い遣って、無理やりの挿入はなかった。

日比野の分身を根元まで受け入れることができたときには、二人とも汗びっしょりになっていた。

ホッとして微笑みあってから、ゆっくりと腰を揺らめかせる。拓也の感じる場所を、日比野のそれが優しく擦った。同時に性器を握られて、ふわふわするような快感に包まれる。

「日比野さぁん、日比野さぁん、あんっ、ああっ」

「なんだその声、可愛いな、もう」

ぐんっ、と奥を強く突かれ、拓也は甘い嬌声《きょうせい》を上げた。背筋が痺れるほどに気持ちいい。

「して、もっと、それ、もっと」

「奥がいいのか？　はじめてなのにエロいな、拓也」

「ああん、あん」

しだいに日比野の腰使いに配慮がなくなっていったが、拓也は快感に夢中でわからない。柔らかな粘膜を擦られてかき回される、親密で淫らな行為に、我を忘れた。

「拓也、可愛い、最高だ。気持ちいいか？　いいときはいいって言え」

「いい、いいっ」

がくがくと揺さぶられながら「いい」と何度も口走った。そう言えば言うほど、もっと気持ちいいことをしてもらえると体が覚えた。

「出ちゃう、もう、出るっ」

「そういうときは、いくって言え」

「いく、もう、いく……っ」

「くそっ、俺もだ」

呻いた日比野にギュッと抱きしめられる。身動きが取れないほどにきつく抱かれたまま、日比野が腰を押しつけてくる。奥の奥まで入りこんでいる日比野の先端が、ぶわっと膨らんだような気がした。

「あ………あーっ、あーっ！」

粘膜に灼熱《しゃくねつ》の濁流が叩きつけられる。腹の奥が蕩けるような快感に、拓也も二度目の絶頂を迎えていた。二人の腹のあいだで押し潰されている勃起から、たらたらと体液がこぼれる。勢いはなく、量は少なくとも、快楽は一度目よりも大きかった。

日比野が肩で息をつき、そっと体を離す。半ば萎えて抜けていくそれが寂しくて、拓也は「待って」と縋りついた。

「それ、まだ中にいてほしい」

「入れたままがいいってことか？」

「すこしの、あいだ、だけで……いいから」

変なお願いだろうか。けれど拓也はまだ日比野とひとつになっていたかった。

しばしの間のあと、日比野は「ん、いいぜ」と軽い感じで返事をし、体の位置を入れ替え、拓也を背中から抱きこんでベッドに横になった。スプーンのように重なり、半勃ちのそれをまだ緩んだままの後ろにぐっと押しこんでくる。

密着している背中が温かいし、繋がっている安心感に拓也はホッとした。汗ばんだ髪をかき上げられ、耳や頬にキスされる。唇にキスしてほしくて、首をねじって後ろを向いた。拓也の意図を察してか、日比野が微笑みながらキスをしてくれる。嬉しい。

「んー、可愛いなぁ。俺のコレ、好きになれそう？」

　くいくいと腰を動かされ、繋がっている部分を意識させられる。

「好き、です。あの、そのうち、俺にも舐めさせてくださいね。日比野さんの、俺のよりずっと大きくて、カッコよかったから……」

「なにがカッコいいって？」

「えと、それ、です」

「舐めたいの？」

「……はい」

　恥じらいつつも正直に返事をすると、体内にいる日比野に変化が現れた。むくりと膨張し、芯を持ちはじめる。

「あ、あれ？　日比野さん？」

「ヤバいな、拓也。それヤバいよ。計算していないってのが、もう……」

　はあっと耳元で熱い息が吐かれた。肩をきつく吸われて、拘束するように抱きしめられる。日比野の性器がみるみる硬度を増していき、まだ閉じきっていなかった拓也の粘膜をじわりと押し広げた。

「あ……」

　日比野が腰をぬるりと引いた。すぐに力強く押し入って、敏感なところを擦ってくる。

「あ、んっ」

甘ったるい声が出てしまい、カッと顔が熱くなった。中に出された体液なのかボディオイルなのか、日比野が動くたびにクチュクチュと音が立ち、耳からも刺激される。

「なんだよ、一回やっただけで俺に馴染んでんじゃないか。拓也、もう一回、やらせて。ごめんな」

「いい、から、日比野さんにしてもらうの、嬉しいから、あっ」

さらに日比野の屹立《きつりつ》が反り返り、粘膜をいびつに広げる。焼けた杭《くい》のような性器が気持ちいい。

「だからそう健気なこと言うなよ。おっさん心をこれ以上メロメロにしてどうすんだよ。可愛いよ、この野郎」

繋がった状態でベッドに這わされた。獣のように後ろから犯される。感じてたまらないところをゴリゴリと抉《えぐ》られ、背中をくねらせて「いい」と喘いだ。どこもかしこも敏感になり、背中にキスをされただけで嬌声を上げた。

「可愛いよ、拓也」

たまらない、と背中から抱きしめられる。胸の飾りを不意に摘《つま》まれて、「ああっ」と拓也はのけ反った。最初に触れられたときはちょっと痛いという感覚だけだったのに、後ろを激しく責められながら嬲《なぶ》られると、その痛みが心地よく感じる。

「乳首がいいのか？　よくなったのか？」

「あっ、あんっ、いや、それいいや、あっ」

「乳首を摘むと後ろが締まって、すげぇいいぞ。ああこれはダメだ。俺がダメになるやつ」

日比野が背後で「ううぅ」と低く呻く。いっそう膨れあがった日比野のそれが、たまらなくいい。どこをどうされても死にそうなほど気持ちよくて、拓也は泣いた。

「あーっ、あっ、やあっ、あーっ」

立て続けに絶頂感が襲ってくる。がくがくと全身を痙攣《けいれん》させながら、拓也はシーツに縋りついた。

「マジか、すげぇ」

日比野の驚嘆した呟きが遠くで聞こえたが、拓也はもうなにもわからなくなっていた。

◇

伊藤璃々太、と書かれたプレートがはまった病室の前で、日比野は立ち止まった。

「……やっぱりスーツにネクタイの方がよかったんじゃないのか？」

「この真夏に？　さっきも言ったけど、普通でいいと思います」

かたわらに立つ拓也が、いくぶん強張《こわば》った表情でそう言う。自宅マンションからここまで、何度かくりかえした会話だ。

日比野は深呼吸をしてから、もういい加減に覚悟を決めよう、と扉に手をかけた。

「璃々太、元気か？」

「おう、俊輔と拓也。二人揃って来てくれたのか」

窓際のベッドに座り、外を眺めていた璃々太が振り向いた。顔色はもう健康的になっている。入院して約一カ月、退院はもう数日後と迫ってきていた。

二人部屋なのでもうひとつベッドがあるが、今日も不在だった。長期入院しているらしい同室者は、いつも病棟内をあちらこちらと歩いているらしい。こちらとしては、その方が都合がいい。

「あー、そのー、今日は話があって……」

日比野は椅子を勧める璃々太にそう言い、立ったままでまた深呼吸した。横にいる拓也もしだいに緊張してきたのが伝わってくる。

拓也とそういう関係になってから、三日がたっていた。

あの日、夕方からはじまったセックスは休憩を挟みつつダラダラと夜中まで続き、翌日の拓也は足腰が立たなくなっていた。日比野のせいなのは明白なので、翌日は仕事を休み、誠意をこめてお世話した。その次の日も拓也は療養生活を送り、今日やっと璃々太のもとへ来ることができた。

「話？　あらたまってなんだ？　それよりも拓也、毎日ここに来てくれていたのに三日も来なくて心配したぞ」

「あ、うん、ごめん。ちょっと……いろいろあって……」

多恵が自宅マンションに現れた日も拓也は見舞いに行けなかったので、その日から数えると璃々太が言うとおり三日も顔を出していなかった。

「メールでここに来られないっていう連絡だけはくれていたけど、いろいろって、なにか大変なことでもあったのか？」

「……うん……」

拓也がちらりと日比野を見上げてくる。その目元がうっすらと赤く染まっていて、猛烈に色っぽかった。欲望のかぎりをつくした三日前の記憶がよみがえりそうになる。いい年したおっさんが若い恋人を手に入れて、我を忘れたのだ。

ベッドで二回したあと、日比野は自力で歩けなくなった拓也を抱っこして風呂場に運んだ。二回も中出ししたので洗うためだ。拓也は「そんなこと聞いていない」と恥ずかしがって抵抗したが、これが責任を取るということだと説得し、指を突っこんで精液をかき出した。

そうこうしているうちに感じやすくなっていた拓也はまた勃起してしまい、「呆れないで」とメソメソするものだから日比野も興奮して、結局、風呂場で三回目。その後は二人とも腹が減っていたので軽く食べられるものを用意し、尻が痛くてまともに座れない拓也をソファに寝かせ、日比野が親鳥のようにせっせと食べさせた。そうしていたら、なんとなく甘いムードになってしまい、キスしているうちにソファで四回目がはじまった。その後、ベッドで五回目。きりがなかった。

足腰立たなくなった拓也の世話をしながらも、何度抱きたくなったことだろう。二十代のころだって、あんなにがっついてはいなかった。日比野はどうやら拓也限定で絶倫になるらしい。初心者の拓也にとったら災難だろう。

「日比野さん、本当に父さんに言うの？」

　小声で拓也が聞いてくる。

「嫌なのか？」

「そうじゃなくて……恥ずかしい……」

　もじもじと可愛く体を揺らすから、日比野はまたもよおしてきてしまう。

「ちゃんと言っておかないと、あとあと面倒になるに決まっているから」

　二人で今後のことを話し合い、璃々太に打ち明けようと決めて、連れだってここまで来たのだ。

　日比野はもう拓也を手放す気はない。璃々太が退院したら、璃々太のために一人暮らし用の賃貸アパートを借りてやるつもりだ。拓也は引き続き、日比野のマンションで暮らす。二人の関係を隠したままで父子を引き離すのは、たぶん不可能だ。

　どうせ近いうちにバレる。拓也はこの手の隠しごとができる性格には見えないし、日比野などは隠しておくつもりがない。拓也は俺のものだと主張しておかないと、いつだれにかっ攫われるかわからないからだ。

「おい、二人でなにこそこそしてるんだ？」

　璃々太が不審そうな声を上げる。日比野は幼馴染みに向き直り、頭を下げた。きっちり九十度まで腰を折る。

「俊輔？」

「おまえに謝らなきゃならないことがある」

「なんだ？」

「俺と拓也は真剣にお付き合いすることになった」

ぽかん、と璃々太が口を開けて静止した。じわりと眉間に皺が寄り、ギギギと軋《きし》み音がしそうなくらいにぎこちなく首が傾げられる。

「は？　どういう意味だ？」

「拓也に惚れた。友人の大切な一人息子だとわかっていても、気持ちがセーブできなかった。すまない。愛しているんだ」

「は？　はあ？」

「真剣交際だ。認めて祝福してくれとは言わない。黙認してくれれば、俺は拓也を――」

「はあぁぁぁっ？」

入院病棟にあるまじき大声で璃々太がわめいた。

「なに言ってんだ？　なに言ってんだ？　なに言ってんだ？　おまえ、頭がおかしくなったのか？　拓也がなんだって？　はぁ？　お付き合い？　真剣交際？　笑えねぇ。ぜんぜん笑えねぇ。面白くねえよ！」

「璃々太、落ち着いてくれ」

この大声に何事かと看護師が駆けつけてこないか心配になる。

「これが落ち着いていられるかよ！　俊輔、冗談もいい加減にしろ。俺がマジで切れるまえに取り消せ！」

「いや、取り消せない。俺は本気だ。まさか璃々太を義父《とう》さんと呼ぶ日が来るとは思ってもいなかったが、大切な拓也の父親だから、これからは孝行するつもりだ」

「気色の悪いことを言うなーっ！」

璃々太が両手で自分を抱き、「寒《さぶ》イボ立った！」と泣きそうな顔になる。

「だれが義父さんだ、クソ野郎。くだらないことばっか言うんじゃねぇよ。拓也を置いて、おまえはとっとと帰れ。ほら、拓也、こっちに来い。そんなバカのそばにいたら、バカがうつる」

拓也の腕を掴もうとした璃々太の手が、空振りした。拓也が一歩引いたからだ。

「父さん、日比野さんのことバカ呼ばわりしないでくれよ。俺の、大切な人なんだから」

「拓也？　おまえ、なに言って……」

「俺、日比野さんのことが好きなんだ」

きっぱりと言い切った拓也を、璃々太が愕然として見る。かわいそうだが、子離れの時期だ。

「おま、おまえ、正気か？」

「正気だよ」

「目を覚ませ。この遊び人に騙されているんじゃないのか」

「たとえ騙されているとしても、俺はいいよ。いま幸せだから。父さんがなんと言おうと、俺は日比野さんと付き合うから」

「拓也……」

「じつはずっとまえから好きだった。だれにも言えなかったけど、俺、男の人しか好きになれないみたいなんだ」

ハッとしたように璃々太が表情を改める。

「そうだったのか……。拓也、気づいてあげられなくてごめんな。悩んだんじゃないのか？」

「気づかれないように隠していたんだから、それはいいんだ。ただ、いまは、そっとしておいてほしい。俺、やっと好きな人のそばにいられるようになったんだ。俺と日比野さんのこと、父さんは気に入らないだろうけど……」

拓也が控えめに日比野に寄り添ってきた。細い肩に腕を回し、抱き寄せる。璃々太が射殺すような目で睨んできても、スルーした。

「なんだ、ずいぶん騒がしいが、どうした？」

そこに呑気な声がかかった。松田がふらっと病室に入ってくる。拓也の肩を抱き寄せている日比野と、ベッドに座って怒りの形相の璃々太を交互に見遣り、ニッと笑った。

「なるほど、修羅場中ってわけだな」

楽しそうに手を叩く。なんてヤツだ。

「俊輔、なんだよとうとう拓也君をものにしたんだな。ひさびさの春だ。謳歌《おうか》しろよ」

「言われなくとも」

「璃々太、まあ、そういうことだから、諦めろ」

「建人、おまえ知っていたのかっ」

「この二人が両片想いという面倒くさい恋愛劇をくりひろげていたのは知っていたが、いつ出来上がったのかは知らない。まあ、おさまるところにおさまった感じだね。よかった」

「よくない！」

泣きそうになった璃々太に、建人が「よしよし」と寄り添って宥めてくれる。

「俊輔の野郎、拓也が可愛いから下心があって同居するとか言い出したんだな。このロリコン！」

「いや、この場合はショタコンって呼ぶんじゃないのか？」

「やめろ、そのどちらでもない。俺は子供のころの拓也に惚れたわけじゃない」

これだけは否定しておかなければ。

「一カ月前に再会してからのことだからな」

「たった一カ月で拓也のなにがわかるんだ、この軽薄野郎」

「もうやめてくれよ、父さん」

うんざりした顔になった拓也に、璃々太がしゅんと肩を落とす。

「あともうひとつ、父さんに秘密にしていたことがある。俺、ＤＴＭをやってて、『糸』っていう名前で楽曲の制作をしているんだ。一昨年《おととし》あたりからそれの収入があって、母さんからの送金だって嘘ついて生活費にあててた。騙しててごめん」

拓也がぺこりと頭を下げる。璃々太はＤＴＭの意味がわからないようで、きょとんとしている。松田が「俺が説明しておくよ」と請け負ってくれた。

「いったん帰れ」

松田に言われて、日比野は拓也といっしょに病室を出た。

とりあえず、カミングアウトは終了だ。璃々太の混乱がおさまったら——そのうちおさまるだろう——今後の話をしたい。できれば松田に同席してもらおう。そこでまた修羅場っぽくなったとしても、松田が璃々太を宥めてくれるかもしれない。

日比野は拓也と手を繋いで正面玄関から外に出た。

いつの間にか梅雨は終わりかけていて、ギラギラとした真夏の太陽が照りつけている。

「拓也、熱いからかき氷でも食べに行くか」

「かき氷？　もう何年も食べてない」

「天然氷の店がある。美味いらしいぞ」

「行きたい」

「栃木《とちぎ》県だけどな」

えっ、と目を丸くする拓也が可愛くて、病院の駐車場のど真ん中で抱きしめた。人目なんか気にせず、軽くキスをする。拓也は慌てて周囲を窺っていたが、日比野は手を引いて自分の車へと促した。

「おまえ、さっき聞き捨てならないことを言ったな。たとえ騙されていてもいいって、なに？　いまが幸せならとか、演歌かよ。俺のこと信じてないの？」

「……ごめんなさい……信じてないことはないけど」

「まあ、いいよ。いい年して恋に落ちたおっさんの本気を、そのうちわからせてやるから」

伊達《だて》に年を食っていない。信じるしかなくなるくらいに、時間をかけてたっぷり愛情と金を注いでやろう。拓也が多少かじったくらいで細くなる脛《すね》じゃないし、毎日でも愛を囁けるくらいには面の皮は厚い。

「まずは栃木に小旅行だ。かき氷を食べに行こうぜ」

「仕事は？」

「なんとかなる」

ははは、と笑ったら、拓也も笑った。

可愛い。この笑顔のために、日比野はなんでもするだろう。

いろいろなところに連れて行ってやりたい。学ぶ機会も与えてやりたい。生活の心配をすることなく、家事も忘れて、思いきり遊ばせてあげたい。

三十五歳にしてはじめて、日比野は「この夏は楽しくなりそうだ」とわくわくした。

おわり

後日談

「……マズいな、これ」

日比野《ひびの》はパソコンでネットニュースを読みながら頭を抱えた。

DTM《ディー・ティー・エム》の『糸《いと》』が制作し三カ月前の八月末にアップロードした「ラベンダー」という曲が、今年一番のヒット曲になりそうだ、と書かれている。『糸』の楽曲は延べ再生回数がすでに億単位に達していて、今後も伸び続けるだろう――ともある。

今年一番のヒット曲が「ラベンダー」になるという見解には、日比野も賛同する。拓也《たくや》にはやはり才能があるのだ。

パソコンを操作して、日比野は「ラベンダー」を再生した。もう何十回と聴いた素直なメロディと過ぎていく夏を惜しむ歌詞。楽しかった夏の思い出が、日比野の脳裏によみがえる。この曲は、二人で行った北海道《ほっかいどう》旅行を歌ったものだ。

拓也が恋人になったのは七月だった。浮かれていた日比野は仕事よりも拓也を優先してしまい、しばらく社長業を怠けていた。ひさしぶりの恋の相手が拓也だということは、日比野は早々に夏目《なつめ》に打ち明けてあった。けれど拓也が『糸』であることは言っていなかった。

仕事をサボっていたツケが回ってきたのは八月。夏休みを取って拓也と旅行へ行こうとしていたのだが、溜《た》まっていた雑用をあれこれと片付けていたらあっという間にお盆が過ぎ、結局、まとまった休みが取れたのは八月下旬だった。年甲斐《としがい》もなく恋人に夢中になっている自覚があった日比野は、仕方なく受け入れた。

八月下旬の北海道は、もう秋だった。ラベンダーの開花時期はとうに過ぎており、心の中で「こんなはずじゃなかった」と何度も嘆いた。拓也が楽しそうだったのが救いだったが。

社長室のドアがノックされ、夏目が入ってきた。

「あら、また『糸』の曲ですか。社長、好きですね」

パソコンから流れる「ラベンダー」に、夏目が苦笑いする。

ハイバックチェアに深く座り、日比野は「この曲、どう思う？」と夏目を見た。

「いい曲だと思います。夏休みに北海道へ行った思い出を歌っていますよね。ラベンダーの時期を過ぎてしまっていたので、恋人が『来年はラベンダーが満開の時期に来よう』と約束してくれた。あたりまえのように来年の話をする彼のことが大好きだって、可愛《かわい》らしい歌です」

その彼は自分だ。日比野は羞恥を感じて俯《うつむ》く。

「歌詞にはっきりとは書かれていませんが、この歌のカップルは結婚間近のような――すでに結婚しているような雰囲気なので、令和最初の結婚式ソングになるんじゃないかとも言われていますね」

「あー……そうかも……」

「年末の賞レースはどうなるでしょうか。『糸《いと》』は顔出しＮＧのＤＴＭ制作者ですから。頭の固い業界の重鎮たちが、いったいどう対応するか見物《みもの》ではありますけど、今後、『糸』のような制作者は増えるでしょう。楽器を演奏せず音楽ソフトで制作し、音声ソフトに歌わせる。ＣＤは販売せずにネットで聴くだけ。興味深い時代になったものです」

夏目はそんなふうに続けた。

日比野は拓也を守ってやりたい。些末《さまつ》なことで悩ませ、拓也の才能を潰したくなかった。

「夏目さん、じつは、この『糸』というのは、拓也なんだ」

覚悟を決めて打ち明けた日比野に、夏目はひっそりと笑った。

「そうですか。なんとなく、そうではないかなと思ってはいましたが」

ぜんぜん驚いていない夏目に、日比野の方がびっくりした。

「気づいていたのか？」

「ラベンダーの曲を聴いたとき、社長と拓也君の北海道旅行と詳細が似すぎていました。ラベンダーの開花時期がとうに過ぎていたので、見られなかったと言っていたじゃないですか。来年は開花時期に行きたいから、いまから仕事の調整をしろだの無茶も言って」

「……そうだったか？」

「ラベンダーの曲で『おや？』と思ったあと、『糸』の過去曲も聴き直してみました。拓也君が社長の家に居候しはじめたころと、『糸』の曲調が変わった時期がおなじですし、歌詞にちりばめられたエピソードになんとなく覚えがありました。それで、まあ、拓也君が『糸』だとしてもおかしくない、とは思っていました」

夏目は冷静にそう語り、「それで？」と日比野に話の続きを促してくる。

「私に拓也君＝『糸』だと打ち明けたということは、我が社に所属させたいという話ですか」

そのとおりすぎて日比野は唖然《あぜん》としてしまう。

「ＤＴＭの『糸』は人気が出すぎました。マネジメントのノウハウがない十九歳の青年が対処していくのは、もう無理でしょうね」

「やっぱりそう思うか？」

「思います。拓也君が今後も楽曲制作を続けていく意志があるなら、これからはマネジメントは他者に任せた方が楽でしょう。拓也君とそういう話はしているんですか？」

「していない。あいつが、自分が『糸』であることを告白してくれたときに、一人でやっていきたいとちらっとは聞いたが、そのあとはなにも……。拓也はＤＴＭの活動について触れられたくないみたいなんで、俺はできるだけ口出ししないように気をつけていた。でももう限界だと思うんだ」

「社長から拓也君に、あらためてマネジメント契約について具体的な話をしたらどうでしょう。事務所によって条件はさまざまです。我が社はそれほど悪い条件を提示する気はありませんよ」

夏目が長年望んできた、日比野プロダクション内の音楽部門の立ち上げは、すでにこの夏に成している。俳優として所属している二十代の青年が、年内に音楽活動をはじめる予定だった。

「誤解のないように言っておくが、拓也が『糸』だと知るまえに、音楽部門立ち上げにＧＯサインを出したんだからな？」

「わかっています。あのころの社長からそういう空気は感じませんでしたから」

サラッと言っているが、これが順番が逆だったなら色惚《ぼ》け社長だのなんだのチクチク嫌みを並べられていたことだろう。

「璃々太《りりた》さんはなんと言っているのですか？」

「あー……あいつはなぁ……」

病室で二人揃《そろ》って隠しごとを告白した数日後、璃々太は退院した。日比野の希望で拓也は引き続き日比野のマンションで暮らしているため、璃々太は一人暮らしになっている。

大切な一人息子が自分と同級生のおっさんに喰《く》われてしまったショックからなかなか立ち直れないでいる璃々太は、精神面では松田《まつだ》に頼ることにして、松田の自宅にほど近い賃貸アパートを選んだ。退院したとはいえ健康とはほど遠く、体力はまだ回復していない。働けないので、生活費のほとんどは拓也が出している。日比野が出すと申し出たが、拓也に断られた。拓也自身の生活は日比野が担っているので、それで納得するしかなかったが、もっと頼ってくれてもいいのに――と、まだ思っている。

日比野は何度か璃々太に連絡を取った。立場的に舅《しゅうと》だし、今後のことも話し合いたいからだ。けれど会いたくないと断られ続けており、あれ以降まったく話はできていなかった。

拓也がアパートに訪ねていっても、話題が日比野のことやＤＴＭになると黙りこむらしい。日比野とのことは直視したくないし、楽曲制作についてもやはり別れた妻にいろいろと思うところがあるようで、息子に音楽の才能があるのは認めたくないといったところだろう。

「璃々太の気持ちが落ち着いたら、そのうち話をするつもりはあるが、まだダメだな」

「よほどショックだったんですね。わかります。あんな純真無垢《むく》な子が、社長のようなヤリチンに捕まってしまったなんて悲劇です」

「おい、副社長が社長に向かってなんて下品な単語を使うんだ。やりたい放題だったのは過去のことだろう。ここ数年はクリーンだった。いまは拓也一筋だ」

「最近クリーンだったのは知っています。ＥＤ《イーディー》だったんですものね。治ったみたいでよかったです」

「だから、人聞きの悪いことを言うな。ＥＤだったわけじゃない、ＥＤ気味だっただけだ。いまの俺は絶好調だぞ」

「若い恋人を獲得したわけですから当然です。くれぐれも拓也君を大切に可愛がってくださいね」

「言われなくともそうしている」

　夏目は親戚のおばさんのような気持ちでいるのかもしれない。面倒くさいが、拓也の味方になってくれるのならいい。

「よし、いまから拓也をここに呼ぼう。成人年齢が十八歳に引き下げられたことだし、璃々太の了承がなくとも交渉できる」

「そうですね。私も立ち会ってよろしいですか」

「それについては俺から頼もうと思っていた。俺がマネジメント契約の説明をするより、夏目さんから話を聞いた方が、きっと拓也は納得してくれる」

　夏目が了承してくれたので、日比野は拓也の携帯電話に電話をかけた。

三十分後、自宅マンションにいた拓也は、日比野プロダクション本社までやってきた。

ちいさな会議室で向き合った拓也は、いくぶん緊張しているようだった。でもそんな顔も可愛い。

「さっきの電話で言ったとおり、俺はもう『糸』は芸能プロに所属した方がいいと思うんだ。夏目とも意見が一致した。それで今日、ザッとだけど我が社に所属した場合の業務の仕方について説明させてもらいたい」

そう切り出した日比野に、拓也ははっきりと頷いた。

まず夏目がマネジメントという業務について講義めいた話をし、そのうえで日比野プロダクションの業務内容を説明する。そして今後、一人で活動を続けると、どれだけ拓也に雑務の負担がのし掛かってくるか、という話もした。

「われわれは『糸』の制作に口を出したり制限したりする気はありません。むしろ自由に制作してもらいたいので、雑務の一切を引き受けたいと思っています」

夏目は誠意と熱意をこめたプレゼンを行っている。さすがだ、と日比野が感心するくらいだ。

「ここまでの話で、なにか質問、疑問はありますか。些細なことでもかまいません」

「いえ……。お話はよくわかりました」

拓也はまっすぐに夏目を見つめる。再会したばかりのころ、拓也は人の目を直視するのが苦手だった。容姿がコンプレックスだったからだろう。けれど最近は、こうして時と場合によっては相手を直視する姿が見られるようになった。大人になりつつあるのか、『糸』として世間に認知され自信がついたのか、どちらかもしれないし両方かもしれない。

自信なさげにもじもじしている拓也も激可愛かったので、日比野はすこし寂しく感じているが。

「あの、俺も、このことについて日比野さんに相談したいなと思っていました。なんか、予想よりもずっと、売れてきてしまって、どう対応すればいいかわからなくなってきて……。俺は、そんなに話題にならなくても、ほそぼそと制作できればいいな、くらいにしか考えていなかったので……」

拓也自身、戸惑っていたのだと打ち明けてくれる。

「メールの問い合わせも増えてきて、その返事を書くだけでも時間がかかって、面倒だなと思っていましたから、そういうことを代行してくれるだけでもありがたいです」

「じゃあ、任せてくれるのか？」

日比野の問いかけに、拓也がぺこりと頭を下げる。

「お願いしたいです」

夏目が笑顔になった。日比野もホッと胸を撫《な》で下ろす。

「どこか知らない事務所に勧誘されても不信感がさきに立ったと思うんですけど、日比野さんのことは信用しているので、こちらでお世話になれるのなら安心です」

「任せてください」

夏目が自信満々で胸を張る。

「すぐにでも契約書を作りますね。数日はかかると思います。なにかとくに明記しておきたい事項がありましたら、言ってください。思いついたときに私に直接電話やメールを送っていただいてもかまいません」

　そう言いながら、ふと悪い顔になったのが見えた。

「契約に関することだけでなくても、相談したいことがあったらなんでも言ってください。社長についてでもOKです。なにか理不尽な要求をされたとか、束縛を感じて辛《つら》いだとか、加齢臭がキツいだとか、足が臭いだとか、なんでもいいですから」

「おい、余計なことは言わなくていい」

「たとえ社長と別れても、拓也君が望むかぎり我が社との契約は続きます。私は拓也君の味方ですからね」

「おいっ、別れねぇよ！　ほら、拓也が心配そうな顔になってるだろうがっ」

　拓也が不安そうに日比野を見てくる。すぐに席を立ち、拓也の隣の椅子に座り直した。

「日比野さん……」

「夏目は冗談が好きなんだ。どうしようもない意地悪ババアだと思って気にするな」

「あら、私ってババアなんですか。すごいセクハラですね」

「そっちこそ俺にセクハラだろうが。拓也と別れる予定なんてない。そのうち籍を入れる俺のパートナーだぞ」

　勢いでそう言ってしまったら、拓也が「えっ」と驚いた声を上げた。入籍の話なんてじつはまだ一

度もしていなかった。匂わせてもいない。日比野だけがそうできたらいいなと思っていただけだ。

「あ、その、ごめん。勝手に考えてて……」

じわりと拓也の瞳が潤んできて、日比野は慌てた。

若い拓也が、人生を縛られてしまうと嫌悪を感じても仕方がない。どうしよう、なんと言って宥《なだ》めれば——と鈍い頭をフル回転させていたら、拓也がぽつりと呟《つぶや》いた。

「……パートナーに、してくれるんですか……？　うれしい……」

俯いて静かに泣きはじめる。嫌がって泣いているわけではないと判明し、日比野は安堵《あんど》した。

ここは抱き寄せてキスするのがベストの対応だろうと腕を伸ばしかけ、夏目の存在を思い出した。

「仕方がありませんね。十分だけですよ」

そう言い置いて、夏目が会議室から出て行ってくれた。二人きりになり、拓也の肩を抱き寄せる。

「日比野さん」

拓也の方からも腕が伸びてきて、しがみついてきた。可愛くて愛《いと》しくて、胸の奥からぐわっとなにかが溢《あふ》れ出てくる。たまらなくなってキスをした。涙の味がした。

「ずっといっしょにいような」

うん、と涙声で返事をした拓也を抱きしめながら、日比野も泣きそうになったのだった。

おわり

あとがき

こんにちは、はじめまして、名倉和希《なくらわき》です。リンクスロマンス「年の差溺愛　初恋の人にひとつ屋根の下で熱愛されています」（長い）を手に取ってくださって、ありがとうございます。

いつも読んでくださっている方々は、「また名倉が年の差の溺愛モノを書いたよ！」と思うでしょうね。はい、そうです。私の大好物である、年の差の溺愛モノでございます。

今回の攻めは芸能プロダクションの三代目社長。ガツガツしていない三代目が、自分はお飾りの社長だと言いながらもしっかり社員たちをまとめ、所属タレントを親戚（の子）のように面倒みている感じです。なにか問題が起こると、日比野《ひびの》が飛んでいって頭を下げる、あるいは毅然とした態度で抗議する光景が目に浮かぶようです。

そして受けは薄幸の美少年。（とはいえ、もう十九歳ですが）北欧の血が四分の一、入っています。元アイドルの母親はいまどこでどうしているのでしょうね。父親の璃々太《りりた》は愛する一人息子を友人に奪われて、きっとしばらく泣き暮らすでしょう。でもいつか子は巣立っていくものですから、松田《まつだ》に慰められつつ、ぼちぼち立ち直れよ〜。

拓也《たくや》はこのまま楽曲作りを淡々と続けていくことになります。プロダクションに所属してからは、楽曲を他者に提供したり、ＣＭに使われたりと、もっと有名になっていくはずです。それがきっと自信に繋がり、多少なりともコミュ障が改善され、拓也を逞しく成長させていくものと思われます。けれど根っこのところは変わらなくて、日比野の前では可愛い恋人。無意識の甘えや媚態で、日比野のおっさん心をメロメロにして離さないでしょう。

嗚呼、仲良きことは美しき哉。

イラストは金《かね》ひかる先生にお願いしました。ご一緒させていただくのは二回目です。清純そうで可愛い拓也と想像以上にカッコいい日比野に狂喜乱舞です。ありがとうございました。

今年の夏もきっと暑いでしょうね。私は夏が苦手で、もう冬が待ち遠しくて仕方がないです。信州《しんしゅう》に住んでいまして、冬のキリッとした寒さが好きなんです。もちろん冬は暖房費がかかりますが、そのぶん夏の冷房費はほとんどかかりません。愛知《あいち》県出身なので太平洋側の真夏の灼熱地獄はよく知っています。なので、夏は帰省しません。信州は盆が過ぎれば秋風が吹きはじめるので、それまでの辛抱です。うぅ…。

ここまでおつきあいくださり、ありがとうございました。このご時世だからこそのＢＬ。

私のラブコメＢＬがすこしでもみなさんの心の潤いになればと思っています。
それでは、またどこかでお会いしましょう。

名倉和希

この本を読んでの
ご意見・ご感想を
お寄せ下さい。

〒151-0051
東京都渋谷区千駄ヶ谷4-9-7
(株)幻冬舎コミックス　リンクス編集部
「名《な》倉《くら》和《わ》希《き》先生」係／「金《かね》ひかる先生」係

リンクス ロマンス

年の差溺愛 初恋の人に一つ屋根の下で熱愛されています

2022年6月30日　第1刷発行

著者……………名《な》倉《くら》和《わ》希《き》
発行人…………石原正康
発行元…………株式会社　幻冬舎コミックス
〒151-0051　東京都渋谷区千駄ヶ谷4-9-7
TEL 03-5411-6431（編集）
発売元…………株式会社　幻冬舎
〒151-0051　東京都渋谷区千駄ヶ谷4-9-7
TEL 03-5411-6222（営業）
振替00120-8-767643
印刷・製本所…株式会社　光邦
検印廃止

ISBN978-4-344-85062-0 C0293
Printed in Japan

幻冬舎コミックスホームページ　https://www.gentosha-comics.net